TME-Quickie
Teil 1: Gelbe Karte

Ein verschossener Elfmeter gilt für diesen Schiedsrichter als Foulspiel

Eron Thrill-Way

Exposé:

»Ein Ort, an dem Spieler schnell zum Spielzeug werden.«

Nachdem sie ihr Studium abgeschlossen hatte, schien für die Ärztin alles glänzend zu laufen. Doch nach einem seltsamen Gespräch mit ihrem neuen Chef änderte sich alles – sie muss untertauchen. Der Grund? Unmoralische Forderungen von einer Persönlichkeit, die der Öffentlichkeit unter anderem als »die Allergie« bekannt ist. Die Ärztin darf am eigenen Leib erfahren, wie wörtlich dieser Spitzname zu nehmen ist. Sie wird zur Favoritin einer Horror-Castingshow, bei der sie schon vor Beginn der Dreharbeiten psychologischen Vorspielen ausgesetzt wird. Wie weit wird sie es schaffen?

TME-Quickie

Teil 1: Gelbe Karte

Ein verschossener Elfmeter gilt für diesen
Schiedsrichter als Foulspiel

Eron Thrill-Way

1. Auflage
Herstellung und Verlag: BoD – Books on Demand, Norderstedt

ISBN: 9783755751670

1

»In seiner Welt ist das gegenseitige Einverständnis keine Notwendigkeit, um Verträge zu schließen. Wer seinen Leuten begegnet, verlernt das Lachen.«

Etwa dreißig Kilometer vom City Center entfernt, wurde vor einigen Jahren nach langem Streit mit den privaten Besitzern der umgebenden Wälder, die private Klinik Happy Baby Born (HBB) gegründet. Eine Klinik, in der Ehre, Kompetenz und Moral blitzschnell zum Grab führen.

Montag 02.05., 20:55 Uhr,

»Schön, dass wir uns endlich einigen konnten«, sagte Duc, der Boss von Dr. Anne, nach einem dreistündigen Gespräch unter vier Augen in ihrem Büro. Er stand auf, öffnete seinen Koffer und legte ein paar Unterlagen hinein. Dr. Anne zuckte. *›Was macht er bitte mit einer Waffe in seinem Arbeitskoffer?‹*, fragte sie sich. *›Lieber nicht blöd gucken.‹* Sie grinsten sich kurz gegenseitig an.

»Betrachten Sie unser Gespräch als mündliche Vereinbarung. Bei uns ist sie genauso viel Wert wie ein unterschriebener Vertrag«, unterstrich Duc strahlend. »Ihr bisheriger Lebenslauf ist hervorragend, Ihre Abschlusszeugnisse sprechen für Ihre Begabung. In zwei Tagen haben Sie auch die Chance, meinen Geschäftspartner zu überzeugen.«

»Aber...«, ein banger Unterton lag in ihrer Stimme. »Man kann doch nicht...«

»Was?«, fragte er in einem strengen Ton. Seine Mimik änderte sich schlagartig. Der drohende Blick brachte Dr. Anne dazu, sich abzuwenden.

Ein Klopfen an der Tür unterbrach die herrschende Ruhe. Die Stimme im Türbereich klang wie die von seinem Fahrer. Er näherte sich Dr. Anne. »Verursachen Sie keine Wunde! Dadurch ersparen Sie uns eine vorzeitige Beerdigung.«

Dr. Anne presste die Lippen zusammen, während sie einen Blick auf die Uhr an der Wand warf.

Sein Blick folgte ihrem. »21 Uhr. Verzeihung für die ungeplanten Überstunden. Sie werden fünffach mehr bezahlt.«

Er streckte ihr die Hand zum Abschied entgegen. Ihr Handschlag und Blickkontakt waren blitzschnell.

Ohne ein weiteres Wort eilte er Richtung Ausgangstür. Der verströmte Duft von Terpenen war so stark, dass Dr. Anne ihr Büro lüften musste. ›Skunk?‹, fragte sie sich innerlich. Sie stützte sich auf das Fensterbrett und genoss den kühlenden Effekt des einströmenden Windes.

Ihr Handy vibrierte leicht. Sie zog es aus ihrer Hosentasche. ›Wieder ein anonymer Anruf? Langsam sollte ich das Problem bei den zuständigen USF Behörden für Personenschutz melden. Jetzt sind es schon sieben Tage, an denen ich solche Anrufe täglich bekomme. Hoffentlich werde ich nicht beobachtet‹, dachte sie und schloss die Fenster. Sie legte ihr Mobiltelefon auf den Tisch, und richtete ihren Blick auf die Unterlagen, die Duc auf ihrem Schreibtisch liegen gelassen hatte.

›Wie könnte ich so etwas einer werdenden Mutter antun? Nach zehn Monaten Schwangerschaft und dem Schmerz, den eine Geburt mit sich bringt? Wer könnte so etwas einer jahrgangsbesten Frauenärztin zutrauen?‹ Sie zuckte mit den Schultern, packte ihre Sachen und machte sich auf den Heimweg.

Es dauerte etwa fünfzehn Minuten, bis Dr. Anne vor ihrem Auto stand. Während ihre linke Hand in ihrer Handtasche nach den Autoschlüsseln suchte, traf ihr Blick auf ein Bild, das an der Windschutzscheibe klebte. Sie schaute sich um, atmete tief durch und nahm das Bild in ihre rechte Hand. Sie zuckte zusammen. ›Das kann nicht sein‹, dachte sie sich. ›Wer könnte so etwas machen? Außer mir ist meine Mama die einzige Person, die Kontakt zu meinen Hunden hat.‹

Statt die gewünschten Autoschlüssel, entnahm die linke Hand ihr privates Handy, das sie nur mit ihrer Familie nutzte. Sie wählte Mama in der Kontaktliste, drückte die Anruftaste und hielt das Handy ans Ohr. Ihr Anruf wurde auf die Mailbox weitergeleitet. Ein weiterer Versuch auf dem Festnetz blieb ebenfalls erfolglos. Eine seltsame Wärme verbreitete sich in ihrem Körper, als sie den Autoschlüssel schnappte. Kaum saß sie im Auto – ein Fuß bereits im Auto, der andere noch am Boden – erblickte sie ein Licht.

Blitzschnell schloss sie gewaltsam die Autotür. ›Mist! So ist es, wenn man weit entfernt vom Stadtzentrum arbeiten muss. Falls mir etwas passiert, kann niemand helfen‹, dachte sie, während ihr Blick von der Frontscheibe zum Rückspiegel wanderte. Sie konnte auf der schlecht beleuchteten Straße kaum etwas erkennen. Mit leicht zitternden Händen war sie dabei, das Auto zu starten, als ihr Handy wieder klingelte. Ihr Gesicht hellte sich auf. ›Bestimmt ist es Mama‹, dachte sie, bis sie die unbekannte Nummer auf dem Display sah. ›Nicht schon wieder.‹ Doch dieses Mal siegte die Neugier.

»Hallo«, entgegnete Dr. Anne.

»Ihr Hund vermisst Sie.«

»Wie bitte?«

»Fünfzehn Minuten bis zum Ziel. Sonst noch Fragen?«

»Wovon sprechen Sie?« Es lag ein banger Unterton in ihrer Stimme.

»Folgen Sie der Drohne, die da leuchtet.«

Dr. Anne legte auf, startete das Auto und fuhr los. Unterwegs versuchte sie noch, ihre Mama, die sich um den Hund kümmern sollte, zu erreichen. Leider erfolglos. Zeitgleich drückte sie immer wieder den anonymen Anruf weg. Als die Drohne ihrem Auto zu nahekam, schmiss sie das Handy auf den Beifahrersitz und drückte aufs Gaspedal, um der Drohne zu entkommen, die ihrem Auto folgte. Eine Aktion, die ihr gelang, bis das helle Licht einer anderen Drohne, die aus der entgegengesetzten Fahrtrichtung kam, ihr durch die Frontscheibe die Sicht raubte. Sie bremste bis zum Stillstand, atmete tief durch und schaltete den Motor aus. ›*Was soll ich jetzt machen? Habe ich eine Wahl?*‹ Während sie mit den Gedanken spielte, blieb ihr Blick auf dem Display des Handys hängen, das seit einigen Minuten ununterbrochen am Klingeln war. ›*Komm schon Anne, du bist eine starke Frau, du schaffst das schon.*‹

Sie ging dran. Aber sie schwieg.

»Ich bin ein Fan Ihrer Fahrweise. Dank Ihrer Formel 1 reifen Show gewinnen wir zwei Minuten Umsteigzeit dazu.«

Dr. Anne blieb still. Sie nahm das Handy vom Ohr weg, drückte auf das Lautsprecher-Symbol und schaltete die Aufnahme-App ein.

»Ein wichtiger Hinweis. Falls Sie nochmal auflegen, können Sie morgen die Körperteile Ihrer Hunde an der Adresse einsammeln, die hinter dem Bild notiert ist.«

Gänsehaut verbreitete sich auf ihrem Körper. Endlich öffnete sie den Mund, aber kein Wort kam heraus. ›*Es gibt doch in USF eine Bürger-App, die genau für solche Fälle erfunden wurde*‹, erinnerte sie sich. ›*Nur wenn ich jetzt auf den Notknopf in der App drücken würde, würde die Polizei mich mithilfe des GPS orten. Was aber, wenn er das Polizeiauto früher entdeckt und mir, meiner Mama und den Hunden etwa Schlimmeres antut? Das Risiko ist zu groß.*‹

»Ihre Mama meinte, Ihr weißer Hund wäre Ihnen sehr wichtig. Ein treuer Partner, der Ihnen in guten, wie auch in schlechten Zeiten bedingungslose Liebe schenkte. Stimmt‹s?«

›Natürlich du Idiot, er ist auch der älteste und hat mir in sehr schlechten Zeiten immer Kraft gegeben. Worauf wartet er denn? Solche Menschen können es doch nicht leiden, einen Monolog zu führen. Ich hätte erwartet, dass er schimpft. Dann wäre es später einfacher, seine echte Stimme zu bewerten. Gerade klingt er noch sehr kontrolliert und fake.‹

Plötzlich änderte sich die Stimme am anderen Ende der Leitung. »Liebe Maus, bitte beeil dich.«

»Mama?«, schrie Anne. Das Handy rutschte ihr aus der Hand, sie wischte die Hände an ihrem Kleid ab und näherte das Telefon trotz Lautsprecher ihrem Ohr. Das ironische Lachen ignorierte sie.

»Ich dachte schon, Sie wären taub und stumm geworden«, replizierte der Anrufer.

»Wer sind Sie?«

»Betrachten Sie mich als Fahrplan.«

»Was wollen Sie von mir?«

»Hören Sie genau zu. Die zweite Drohne war Ihre erste Haltestelle. Jetzt geht es weiter zu der zweiten Haltestelle von insgesamt drei…«

»Es ist schon sehr spät. Ich hatte einen sehr anstrengenden Arbeitstag. Bitte machen Sie es kurz. Geben Sie mir die Zieladresse, ich mache mich gleich auf den Weg.«

»Ohne Ihr Auto.«

›Klar, ich darf nicht sehen, wo wir hingehen. Was hat er mit mir vor? Komme ich zurück?‹, dachte sie, bevor sie antwortete. »Ich kann mein Auto doch nicht um diese Uhrzeit hierlassen.«

»Keine Sorge, unsere Augen sind überall.«

»Was ist mit der Rückfahrt? Ohne Adresse kann ich nicht allein zurückfinden.«

»Genug! Die Umsteigezeit ist vorbei. Steigen Sie sofort aus, folgen Sie der zweiten Drohne. In etwa zweihundert Metern werden Sie ein Fahrzeug sehen. Die Drohne wird nur die hintere linke Fahrzeugtür anleuchten. Drücken Sie dann den grünen Kopf, um die Tür zu öffnen. Auf dem Sitz liegt eine schwarze Maske. Ziehen Sie diese an. Wenn Sie fertig sind, lehnen Sie sich zurück, bis ein kurzer Klang ertönt. Den Rest erfahren Sie vor Ort.«

Kommentarlos überprüfte Dr. Anne ihre Batterie. ›*Hoffentlich reicht sie, um die ganze Strecke zu orten.*‹

»Noch was.«

Sie räusperte sich vernehmlich. »Ich höre.«

»Lassen Sie Ihre Armbanduhr und alle Geräte in Ihrem Auto, insbesondere die mit GPS- und Beleuchtungsfunktionen.« Nach einer kurzen Pause, fuhr er fort. »Versuchen Sie nicht zu schummeln, unsere geheimen Detektoren zeigen nur rot.«

Anne verengte die Augen. »Das heißt?«

»Nur eine Anmerkung«, entgegnete er, während sie Wasser aus einer Leitung fließen hörte. »Ihre Lieblingsfarbe zum Duschen?«

Anne atmete tief durch. Sie öffnete ihre Handtasche, die auf dem Beifahrersitz lag und nahm eine Packung Neurodoron heraus. ›*Erst letzte Woche gekauft und schon dreißig Stück verbraucht*‹, dachte sie kopfschüttelnd. ›*Kein Wunder, ständige anonyme Anrufe, zu viel Arbeit, unmoralische Verpflichtungen und jetzt auch noch das.*‹

»Noch fünfzehn Sekunden, danach ist es zu spät«, warnte der Anrufer und legte auf.

Anne legte eine Tablette auf ihre Zunge, ließ sie zergehen und nahm ein paar Schlucke Wasser. Anschließend stieg sie aus, schloss ihr Auto und folgte den Anweisungen.

Während die zweite Drohne für die vordere Beleuchtung sorgte, löschte die erste Drohne die Dunkelheit von hinten. Obwohl sie flache, offene Schuhe und ein leichtes Kleid ohne Strumpfhose trug, das bis zum Knie reichte, bemerkte sie nicht einmal den kalten Windstoß, der vorbeiströmte.

Wie ein Roboter lief sie in sparsamem Tempo durch den breiten Weg vorwärts. Das Licht der hinteren Drohne wurde mit jedem Schritt schwacher. Ihre Augen wanderten in alle Richtungen, bis sie nach links abbog und eine instabile Brücke betrat.

Beim Anblick einer Machete, der Halskette ihres ältesten Hundes mit seinen Initialen, sowie eines zerrissenen Lendenschurzes und blonder Haare auf ihrem Weg schrie sie. Die erste Drohne schaltete ihr Licht aus und hinterließ eine schreckliche Dunkelheit hinter ihr. Mit zitternden Füßen rannte sie los, um die vordere zu fangen. Da die Brücke wackelte, musste sie ihr Tempo herabsetzen. Ihr Herz raste zunehmend. ›*Gott bitte, schütze meine Mutter, meine Hunde und mich*‹, dachte sie mit fest gedrückten Daumen.

Hinter ihr erklang eine Stimme aus den Lautsprechern der ersten Drohne: »Sie haben nur noch eine Minute bis zum Auto. Danach verschwindet das grüne Licht, folglich wird sich die Tür nicht mehr öffnen lassen. Falls Sie sich verspäten, können Sie nur mit dem Kanu zur dritten Station fahren.«

›*Oh nein, ich bin ja noch nicht lebensmüde.*‹ Nach etwa dreißig Schritten verließ sie endlich die Brücke, eilte in Richtung der zweiten Drohne, bis sie außer Puste endlich das Fahrzeug erreichte. An der beleuchteten Autotür zählte ein Chrono die Zeit herunter: drei Sekunden waren zu lesen, als sie den grünen Knopf tätigte. Die Tür öffnete sich. Neben Hightech-Innereien sah Anne die Maske auf dem Sitz. Da sie außer Atem war, wollte sie sich etwa Zeit lassen, um sich auszuruhen. Doch die gleiche Stimme aus der hinteren Drohne befahl ihr, die Maske direkt zu tragen und sich ins Auto zu setzen.

Als sie die Anweisung ausgeführt hatte und ein Signal hörte, öffnete sich eines der verdunkelten Fenster, die den Innenraum abtrennten. Jemand legte ihr Handschellen an und schnallte sie an.

Da sie keine Uhr mitnehmen durfte, versuchte Anne im Sekundentakt, die Entfernung zum Ziel zu schätzen. Die Fahrt dauerte etwa 660 Sekunden. Dies war das Ergebnis ihrer eigenen Zählung plus geschätzter Zeitspanne nach Unterbrechungen aufgrund schrecklicher Phasen.

Nachdem das Fahrzeug gehalten hatte, nahm sie unter dem Fahrzeug eine Vibration wahr, als ob sich eine Tür öffnen würde. Dann spürte sie eine vertikale Kraft, wie sie sie oft spürte, wenn ein Aufzug nach unten fuhr. Die nächste Haltestelle roch angenehm nach Reinigungsmittel, Anne stieg weiterhin maskiert und mit Handschellen aus. Neugierig rieb sie ihren Fuß auf dem Boden. Er war glatt, wie eine Fliese. Sie fühlte, wie eine Hand sie von hinten berührte, sie zuckte zusammen und rief: »Wo bin ich?"

»Bald am Endziel«, bekam sie als Antwort, während sie geführt wurde.

Geradeaus, dann das Treppenhaus herunter und schon fühlte sich der Boden anders an. Eine Mischung aus Sand und Steinen.

*

Sie hörte das Quietschen einer Tür, eine Glocke läutete. Jemand nahm ihr die Maske ab, kein helles Mondlicht, alles war dunkel. Panisch blickte sie sich um. Sie sah die Drohnen wieder über ihr, ein paar Meter ferner leuchtete Licht aus Kerzenflammen. »Hallo?«, rief sie. »Wo sind meine Mutter und meine Hunde?« Niemand antwortete ihr, obwohl sie Schritte in der undurchdringlichen Dunkelheit hinter ihr wahrnahm. Ihre Füße fühlten sich immer schwerer an, obwohl sie die Müdigkeit des langen Arbeitstages längst nicht mehr spürte. Sie blieb einen Moment stehen und beobachtete die Bewegungen der Schatten in unmittelbarer Nähe der Kerzen.

»Hier entlang«, befahl eine reife Frauenstimme in der Nähe der Flammen.

Anne zuckte zusammen. Getrieben von der momentanen Alternativlosigkeit, näherte sie sich vorsichtig den Flammen. *›War da ein Schatten über diesen Weg gehuscht?‹*, fragte sie sich. Abgelenkt prallte sie gegen etwas Hartes. *›War das ein Messer?‹*, dachte sie, den Blick nach vorne gerichtet. *›Da sitzt doch jemand. Oder war das eine Statue?‹* Ihr Blick wich nicht mehr von der Stelle ab. Zwei Minderjährige näherten sich ihr. Sie trugen zwei Gläser in den Händen. Das eine war mit Wasser gefüllt, das andere mit einer, Rotwein ähnlichen, Flüssigkeit. Auf ihren weißen T-Shirts stand: *›Die Überlebenden‹* mit der Zahl *›fünfzehn‹* darunter. *›Egal, wie durstig ich bin, ich würde hier nichts trinken‹*, dachte sie.

Die Minderjährigen knieten vor ihr nieder. Sie hielten ihren Kopf geneigt, den Blick nach unten gerichtet und hielten ihre Hände mit den Gläsern nach oben gerichtet. »Wie es die Tradition dieser Gruppe erfordert, heißen wir Sie willkommen. Wenn Sie eine reine Seele haben, nehmen Sie das Glas mit der farblosen Flüssigkeit, andernfalls das andere«, sagten sie gleichzeitig, laut und synchron.

Anne schüttelte den Kopf. »Danke. Aber ich bin nicht zum Vergnügen hier. Wo ist der Boss?«

Während eines der Minderjährigen in Richtung der Kerzenflamme zeigte, sprach das andere weiter: »Wer sich vor einer Auswahl fürchtet, wird rot zugeordnet.«

»Keine Zeit für diesen Unsinn«, sagte Anne und lief weiter. *›Ist das eine Sekte?‹*

»Hallo«, wiederholte sie mit zitternder Stimme, als sie Füße und einen Gehstock hinter einem Kreuz erkannte. Keine Antwort. Hunde fingen an zu bellen. Ihr Puls raste so stark, dass sie die immer noch gefesselten Hände auf ihre Brust legte und tief ausatmete.

Eine Drohne beleuchtete eine Stelle in ihrer Nähe, an der ihre Hunde in einem geschlossenen Käfig saßen. Ihr Gesicht hellte sich auf. Als sie in die Richtung eilte, schwenkte die Drohne das Licht auf ein Kreuz. Darauf stand der Name, sowie das offizielle Todesdatum ihrer Vorgängerin Dr. Kelly Carlson, einer renommierten Frauenärztin, die unter mysteriösen Bedingungen vor fünfzehn Jahren ums Leben kam. Unter dem Datum stand der 04.05. Genau der Tag, an dem sie den Auftrag ihres Chefs ausführen sollte.

Obwohl die Drohne den Ort nur kurz beleuchtete und schnell der undurchdringlichen Dunkelheit Platz bot, schien ihr Blick gefangen zu sein. Eine Fliege, die ihr Ohr als Zwischenstation missbrauchte, riss sie aus ihren Gedanken. Anne massierte sich die Stirn. ›*Hör doch auf, dir solch einen Schwachsinn einzubilden. Das ist bestimmt nur ein Zufall*‹, überzeugte sie sich.

Sie holte tief Luft. Ihr Blick folgte der nächsten Schattenbewegung. Die Burka-ähnliche Kleidung bedeckte die Person vollständig, sodass in dieser kaum beleuchteten Umgebung nur noch ihre Augen sichtbar waren.

Kurz nach einer Alarmglocke, die der in einer Kirche ähnelte, erkannte sie ein plötzliches Licht hinter sich. Sie drehte sich um. Sie sah Menschen, die verschleiert waren und eine Kerze in der Hand hielten. Sie waren in fast gleich großen Reihen aufgestellt. Sie kamen auf sie zu und umringten sie, ohne einen vollständig geschlossenen Kreis zu bilden. Von klein bis groß waren die fünf Reihen anhand der Kerzen erkennbar. In ihr verbreitete sich das Gefühl, an den Füßen festgehalten zu werden. Der Schweiß, der ihr Gesicht herunterlief, nahm ihr zunehmend die Sicht. Obwohl ihre Hände immer noch gefesselt waren, gab sie sich große Mühe, sich mit dem Handrücken die Augen auszuwischen.

»Ich hoffe, die Vorspeise hat Ihnen gefallen«, sagte die reife Frauenstimme, als sie durch die kleine Öffnung des Kreises trat. In kleinen Schritten näherte sich das etwa 1,5

Meter große Wesen, das einen kleinen Koffer im Arm trug und mit einem Gehstock bewaffnet war. »Verzeihen Sie den Lapsus, ich meinte Ihre Reise.«

Lediglich Annes Augen rasterten mit hoher Geschwindigkeit alle Konturen ihres Blickfeldes ab, wobei sie weder ihren Kopf, noch irgendein Körperteil bewegte. Sie bemerkte nicht einmal das Blut, das ihr über den Zeh lief, nachdem sie auf einem Messer gestoßen war.

Es dauerte nicht lange, bis Anne dieselbe Stimme wieder hörte. »Wer sitzt am Steuer Ihres Lebens, das Gehirn oder das Herz?«

»Beides«, antwortete sie kleinlaut.

»Unsere Lebensqualität ist davon abhängig, sehen Sie das auch so?«

Anne zuckte mit den Schultern. »Möglicherweise.«

»Haben Sie den heutigen Auftrag mit dem Herzen unterschrieben?«

Anne verengte die Augen und schwieg.

Kurz darauf stellte die Bedeckte den Koffer auf einem kleinen Holztisch ab, dann stampfte sie mehrmals mit dem rechten Bein auf den Boden.

Die Ärztin schwieg weiter. Die kleine Dame hob ihren Stock und zeigte auf jemanden auf der rechten Seite der ersten Reihe. Wie auf Kommando stellte sich die Person kaum einen halben Meter vor der Ärztin auf, sodass Anne nur ihren Rücken sehen konnte, der ebenfalls kurz von einer Drohne beleuchtet wurde. Anne war sich nicht sicher, ob sie richtig gelesen hatte, was auf der Rückseite stand. ›Wer seinen Mund lange verschließt, wird ihn nicht mehr öffnen können‹, erinnerte sie sich. Sie war überrascht, als sich die Person nach der kurzen Beleuchtung umdrehte und auf sie zukam. Als sie merkte, dass sie etwas in der Hand hielt, trat sie vorsichtig einen Schritt zurück. Die Drohne löschte erneut kurzzeitig die umgebende Dunkelheit aus, sodass die Ärztin eine gefüllte Spritze in ihren Händen erkennen konnte. »Was soll das?«, fragte sie, fast schreiend.

»Auf die Knie!«, befahl die kleine Dame. Die Trägerin der gefüllten Spritze machte den Weg frei und stellte sich neben Anne auf die linke Seite, während die Führerin mit ihrem Gehstock auf eine Stelle auf dem sandigen Boden zeigte.

Anne schüttelte den Kopf. ›Nur wegen dieser Frage? Oder vielleicht auch, weil ich deren Tradition nicht respektiert und die Auswahl ignoriert habe?‹, dachte sie. Daraufhin ignorierte sie den Befehl und wagte es, der kleinen Dame in die Augen zu starren. »Warum?«

Ihre Stimme wurde leiser. Kaum war ihr Mund zu, spürte sie, wie jemand sie von hinten fest an den Schultern packte und zu Boden drückte.

»Achten Sie auf Ihr Benehmen und Ihre Wortwahl, Sie entscheiden nämlich über die Länge Ihres Aufenthaltes.« Die Dame pausierte. Sie wandte ihren Blick auf den Teil des Kreises, der den Blick auf die hintere Ecke verdeckte, in der sie saß. Sie hob die Hand mit dem Gehstock. Einige der verschleierten Personen vor ihr rückten zur Seite, manche nach links und andere nach rechts, so wurde der gerade Weg zu ihrem ursprünglichen Platz frei. Eine zweite Person kam aus der dunklen Ecke heraus, ebenfalls verschleiert, in der Hand ein Gerät mit einem kleinen Bildschirm. Anne bemühte sich, zu rätseln, was es sein könnte, bis sie ein Video vor die Nase gehalten bekam, das ihr Gespräch mit Duc zeigte. Sie rieb sich erneut die Augen. ›Toll! Jetzt steht einer Erpressung nichts mehr im Weg‹, dachte sie. »Wie haben Sie das geschafft? Die Überwachungssysteme in der Klinik werden ständig optimiert. Wie konnten Sie das System manipulieren?«

»Das ist doch nicht relevant. Aber wenn Sie sich unbedingt für die guten Aufnahmen bedanken wollen, werde ich Ihnen die Kontaktdaten unseres Drohnenlabors nach dem Gespräch verraten.«

Die beiden Kinder, die ihr zuvor die Getränke angeboten hatten, stellten die Gläser zwischen der Ärztin und der Anführerin ab. Anschließend stellten sie sich mittig auf, zur Linken und Rechten, ihre Augen auf Anne gerichtet. »Wie können Sie mit Menschen zusammenarbeiten, die Eltern und vor allem Frauen so sehr das Herz brechen? Sie sind doch eine Frau, zumindest vom Aussehen her. Wie können Sie ins Tor Ihrer eigenen Mannschaft schießen?«

Anne senkte den Kopf. »Es wird kein Eigentor sein.«

»Sie kennen doch die USF-Geschichte. Oder?«

»Geschichte war nicht mein Lieblingsfach.«

Die Anführerin hob die Hand und die Drohne beleuchtete den Holztisch. Sie öffnete den Koffer, nahm einige Fotos heraus und zeigte sie Anne. »Große Heldinnen der USF-Geschichte. Erkennen Sie jemanden?«

Anne senkte den Blick, presste die Lippen zusammen und nickte. Ihren Kopf bewegte sie langsam.

»Wer genau? Das dritte Bild, nicht wahr?«

»Sie war meine Vorgängerin und ein großes Vorbild«, gab die Ärztin kleinlaut zu.

»Und warum möchten Sie sich an so etwas beteiligen?«

Es herrschte eine Weile Ruhe.

Die kleine Dame fuhr fort. »Ist dies der Dank an all jene Frauen, die im Kampf für die Freiheit der Frauen gestorben sind? Sei es hinsichtlich Bildung, Kleidung oder anderen Bereichen. Ein Dank für diejenigen, die Ihnen das Studium ermöglichten, um Ärztin zu werden?« Sie pausierte kurz. »Ein Ereignis, welches für die alte weibliche Generation nicht möglich war.«

»Dafür bin ich ja auch dankbar.« Ihr Blick war immer noch nach unten gerichtet.

»Und jetzt?« Die verschleierte Führerin der Gruppe hob ihren Spazierstock unter Annes Kinn und richtete ihren Kopf nach oben. »Sie schließen sich mit den Leuten der USF 38-59 zusammen, die für eine Diktatur des alten Stils werben und Menschen wie Tiere behandelt, um neue Produkte zu testen?«

Mit geballten Fäusten hielt Anne den Blickkontakt aufrecht, bis ein Tränenschleier ihr die Sicht nahm.

Die Anführerin richtete ihren Stock auf einige der Anwesenden. »Schauen Sie sich die Kinder neben mir an. Sie verdanken Ihr Leben der von Ihnen erkannten Vorgängerin auf dem dritten Bild namens Kelly Carlson.« Sie versuchte, den Blickkontakt wiederherzustellen, bevor sie ihre Rede fortsetzte.

»Sie sind fünfzehn Jahre alt und waren die letzten Kinder, die sie aus den Fängen dieser Gruppe gerettet hat, bevor sie verschwand. Heute sind sie glücklich, frei und überragend in ihrer Ausbildung.« Die letzten Worte sprach sie etwas lauter und in langsamerem Tempo aus. »Wie würden Sie diesen Kindern erklären, was Sie in zwei Tagen vorhaben?«

Anne atmete tief aus. Ihr Gesicht wurde rot, aber nicht so sehr wie ihre Augen. Ihr bissiger Blick ließ die Anführerin für einen Moment regungslos dastehen. Der ersten Lippenbewegung folgten nichts außer Tränen über Annes Wangen. Doch die ersten Tropfen auf dem sandigen Boden hatten die Wirkung eines Lautsprechers. »Es ist leicht zu quatschen und zu urteilen, ohne die Details zu kennen. Wer sind Sie, dass Sie sich so etwas erlauben?«, verteidigte sich Anne mit einer belegten Stimme. »Sie spielen die Heldin und verstecken sich unter Ihrer Kleidung. Warum wenden Sie sich nicht direkt an die andere Gruppe? Das wäre doch sinnvoller. Sie halten die schwache Ärztin fest, die keine Armee aufstellen kann.« Sie unterbrach ihre Rede nicht, trotz der Tränen, die ihre Sicht trübten und die sie nicht wegwischte. »Warum organisieren Sie nicht eine direkte Attacke? Sie wissen wohl, wie das endet.« Sie hielt den Blickkontakt mit der Führerin, während einige der Erinnerungen ihres Gespräches mit Duc zurückkehrten. ›Sie weiß nicht, wer Ducs Boss ist. In der Aufnahme, die sie mir gezeigt hat, ist nicht der

Teil zu sehen ,in dem sein Chef uns online zugeschaltet ist. Den
goldenen Thron, den er trug, sowie die Schriften an der Wand im
Hintergrund lassen   auf seine Persönlichkeit zurückschließen.‹
Anne zuckte zusammen. Obwohl sie völlig überfordert war,
gingen ihr diese Schriften nicht mehr aus dem Kopf. ›*Die*
Enthronung des Teufels, sein Kindheitsidol, verliert den Re-
spekt in seinen Augen durch seine Unfähigkeit, sich selbst zu
verbessern.‹

Kaum hatte Anne den Vergleich mit der anderen Gruppe
implizit angestellt, holte die, hinter ihr stehende, Person,
die sie zu Boden gedrückt hatte, eine Zange hervor und
wurde nach einer Geste der Anführerin wieder unauffällig.
Sobald Anne ihre Wut zum Ausdruck gebracht hatte, kam
die Anführerin mit kleinen Schritten näher. Sie hob den
Gehstock und drückte das untere Ende gegen ihre Lippen,
bis Anne den Kopf drehte und den Sand ausspuckte, den sie
vom Gehstock in den Mund bekommen hatte. »Männliche
Gäste, die so etwas wagen, werden zu unseren Fachleuten
zur kostenlosen Zahn-OP eingewiesen”, warnte die Anführerin. »Missbrauchen Sie nicht Ihr weibliches Privileg.«

Es herrschte Ruhe.

»Sowohl Ihr verbales, als auch Ihr nonverbales Verhalten
deutet auf eine Verweigerung der Zusammenarbeit hin.
Nicht wahr?«, kommentierte die Anführerin, während sie
die Hand zur Linken Annes ausstreckte und die gefüllte
Spritze entgegennahm.

Anne blickte abwechselnd auf ihre zitternden gefesselten
Hände und auf die kleine Dame. Ihre Lippen bewegten sich
einige Male, aber sie sprach kein Wort aus.

Die ursprüngliche Spritzenträgerin hielt einen Arm von
Anne fest und wurde von der hinteren Person unterstützt,
als Anne schreiend um sich schlug.

»Bitte nicht. Wir werden uns sicherlich auch ohne dies
einigen können«, bat Anne.

»Klingt besser«, erwiderte die Anführerin und beorderte ihre Leute an ihre Ausgangsposition zurück. »Optimismus ist die Quelle aller Fortschritte.«

Anne zuckte mit den Schultern. Die vorherigen Vorurteile ihrer Person dominierten noch ihre Gedanken. Sie führten sie zu ihrer nächsten Frage. »Ihr Ehemann fügt dem Getränk Ihrer besten Freundin K.O.-Tropfen zu und schläft mit ihr. Später entdecken Sie Aufnahmen des Geschlechtsverkehrs. Können Sie daraus schließen, dass Ihre Freundin eine schlechte Person ist?«

»Eine philosophische Betrachtung des Lebens ist bestimmt eine Bereicherung, aber im Moment fehlt uns dafür die Zeit. Sind Sie dabei?«

»Ich weiß nicht mal genau, worum es geht?«

»Weiß das jemand?«, sprudelte die Anführerin beim Anblick der gefüllten Gläser heraus.

»Hahaha! Ich habe das Lachen verlernt.«

»Heißt das, ja?«

»Nein, es bedeutet: Ich würde am liebsten kündigen, wegziehen und endlich meine Ruhe haben.«

Die Anführerin flüsterte dem Kind neben ihr etwas zu. Es verschwand nach hinten und kehrte einige Zeit später in Begleitung einer größeren Person an seinen Platz zurück. Diese hielt in der linken Hand eine Drohnen-Fernbedienung und zog mit der anderen einen Hubwagen mit Rädern, die fast so groß wie die einer Schubkarre waren. Darauf befand sich eine geschlossene Hundehütte aus Holz mit zwei großen Türen auf der linken Seite. Vor Anne blieb sie stehen. Nachdem die beiden Türen geöffnet wurden, leuchtete die Drohne heller. Anne erkannte den weißen Hund in einer Gitterbox mit verringerten Gitterabständen. Ihr Gesicht hellte sich auf. Sie versuchte aufzustehen, um sich dem bellenden Hund zuzuwenden. Leider küsste ihr Hintern so schnell den Boden wie ihre spontane Reaktion. Die hintere Person sorgte erneut dafür. Der Hund bellte diese an, wobei sich das Fell am Rutenansatz sträubte. Es folgten Tränen, sowie ein Gespräch mit dem Hund, der nicht aufhörte zu bellen. Mit sanfter Stimme versprach sie, alles zu tun, um ihn zu retten. Dabei sah sie auch, wie die Hubwagen-Fahrerin die Finger ihrer linken Hand auf der Fernbedienung bewegte, bis die Drohne das Licht auf ihre Augen richtete und sie zwang, nach unten zu schauen. Sie konnte nicht mehr viel sehen, aber sie hörte ihren bellenden Hund und einige andere seltsame Geräusche. ›*Was war das? Ein Spray? Auch eine Dose? Es ist sowieso egal*‹, dachte sie.

Die Anführerin genoss die Show etwa eine Minute lang kommentarlos. »Verzeihung! Mit fortschreitendem Alter verliere ich zunehmend mein Gedächtnis. Wie lautete Ihre Antwort noch mal?«

Anne wischte ihre Tränen weg. »Sie sollten sich schämen.« Ihre Wut war im Ton spürbar. »Am Anfang predigten Sie die gute Moral, als ob Sie anders wären. Sie sind herzlos und benutzen Kinder für Ihre egoistischen Zwecke.«

»Hahaha, ich habe das Weinen verlernt«, scherzte die Anführerin in einem ernsten Ton. »Mir hat Ihre philosophische Herangehensweise gefallen. Ein Kind ist mit seiner Familie im Wald unterwegs. Sein Bruder wird von einem wilden Tier getötet. Die Mutter sieht es und schlägt dem bewaffneten Kind im Auto vor, die Waffe zu benutzen, um sich und die anderen zu verteidigen. Es nimmt das Gewehr und erschießt das Tier, bevor es andere Geschwister angreift. Sollte sich die Mutter schämen? Nutzt sie das Kind aus? Oder betreibt sie Tierquälerei?«

Anne schüttelte den Kopf. »Was hat das mit meiner Aussage zu tun?«

Die Anführerin ging auf die Kinder zu, umarmte sie links und rechts gleichzeitig. »Es war von Anfang an klar, dass Anne mit der Sprache der Dankbarkeit nicht vertraut ist. Erklär Ihr doch mal, wie es geht.« Die erste Reaktion kam von ihrer linken Seite. »So wie wir gerettet wurden, wollen wir verhindern, dass anderen etwas Ähnliches passiert.« Die Ergänzung erfolgte von der rechten. »Ja, das machen wir gerne. Es ist unsere Entscheidung, niemand hat uns dazu gezwungen. Auf die Idee kamen wir bei unserem letzten Besuch an den Gräbern derjenigen, die nicht das Glück hatten, zu überleben.«

»Genug!«, sagte die Anführerin. Sie lobte die Kinder, klopfte ihnen auf die Schulter und brachte sie wieder in ihre Ausgangsposition zurück.

Als die Gastgeberin ihren Ein-Wort-Satz beendet hatte, bemerkte Anne, dass ihr Hund nicht mehr zu hören war. Sie schrie mehrmals seinen Namen. Eine Reaktion erfolgte nicht. In Panik ignorierte sie das strahlende Licht und sah auf. Schnell musste sie die Augen wieder schließen, ohne etwas gesehen zu haben. »Was haben Sie mit ihm gemacht?«, fragte sie. Die Worte kamen laut und schnell heraus. Statt einer verbalen Antwort hörte Anne lediglich ein Quietschen. Sie hatte etwas Ähnliches gehört, als die Hundehütte geöffnet wurde. »Schließen Sie die Seitentüre?«, mutmaßte sie und vertiefte sich in ihre Gedanken: ›Könnten sie ihn vergiftet haben? Nein, sonst würde ich es zutiefst spüren. Außerdem brauchen sie ihn für Erpressungen. Das Spray, das ich vorhin gehört habe, könnte das ein Beruhigungsmittel sein? In der freien Natur würde das Pheromon wohl nicht so schnell wirken. Gefühlsmäßig sind noch keine fünf Minuten vergangen. Eine Spritze oder ein Medikament kann es auch nicht sein, sonst hätte ich seine heftige Reaktion erlebt, wie ich es oft beim Tierarzt erlebe. Gibt es eine Alternative, die den Hund genauso schnell beruhigen könnte?‹ Sie unterbrach ihre Gedanken, als das helle Licht auf ihrem Gesicht verschwand und ein schwächeres Licht die Gegend um die Hundehütte weiter beleuchtete. Sie blickte auf. Leider musste sie feststellen, dass ihre Vermutung zutraf. Die Hundehütte war wie schon bei ihrer Ankunft geschlossen. Drinnen war auch von ihrem Vierbeiner nichts zu hören.

Anne wiederholte ihre Frage. »Was haben Sie mit ihm gemacht?« Dabei wanderte ihr Blick von der Hubwagen-Fahrerin zur Anführerin.

Die Dame war damit beschäftigt, einen Kreis um das Glas mit der roten Flüssigkeit mit Hilfe ihres Stocks zu zeichnen. »Die Entscheidung liegt in Ihren Händen«, entgegnete sie, ohne sie eines Blickes zu würdigen.

Anne öffnete zögernd ihren Mund, um zu antworten. Neben etwas Salzigem spürte sie auch etwas Seltsames auf ihrer Zunge. Sie wischte sich den Mund mit ihrem Unterarm ab. Ihr Make-up wurde von den Körperflüssigkeiten an verschiedenen Stellen ihres Körpers vom Kopf bis zum oberen Brustbereich verlagert. Mit leiser Stimme fuhr sie fort. »Bitte tun Sie meinen Hunden und meiner Mutter nichts. Sie sind doch nicht so furchtbar wie ...«

»Die andere Gruppe?«, ergänzte die Anführerin, während sie sich umdrehte und den Blickkontakt suchte. »Natürlich nicht. Aber, wer die Bewohner der Hölle befreien will, muss sich manchmal in der Sprache des Teufels verständlich machen können.«

»Glauben Sie mir, es wird kein Eigentor geben«, betonte Anne zum zweiten Mal. »Dafür habe ich schon einiges unternommen.«

»Das ist der beste Beweis dafür, dass Geschichte nicht Ihr Lieblingsfach war.«

Anne runzelte die Stirn. »Das heißt?«

»Sie lehrt uns, dass Opfer, die ohne unsere Hilfe einen Ausweg suchten, im Grab landeten«, kommentierte sie mit einer kräftigen Stimme. »Aber ich könnte Sie zuverlässig zum richtigen Ausgang führen. Sind Sie bereit, den Preis dafür zu zahlen?«

Mit offenem Mund starrte Anne die Frau an, bis zusätzliche Schatten, die sich im Hintergrund bewegten, ihre Sorge verstärkten und ihre Reaktion beschleunigten. »Kann ich es mir leisten?«

Nickend tauchte die Anführerin ihren Gehstock in die rote Flüssigkeit.

»Wa...s machen Sie da?«, erkundigte sie sich fast lautlos. *›Blut, jetzt? Von wem und wofür?‹*, dachte sie mit zusammengepressten Lippen. Gänsehaut breitete sich auf ihrem Körper aus.

Fünf der verschleierten Personen im Hintergrund traten hervor, stellten sich etwa in der Mitte zwischen die beiden Kinder und knieten mit offenem Mund nieder. Einer der fünf hielt ein weißes Tuch hoch. Sie drehten ihre Köpfe leicht nach oben, als ob sie trinken würden. Kommentarlos nahm die schwarz gekleidete Dame ihren Gehstock aus der roten Flüssigkeit heraus und streckte ihn Anne entgegen. »Das sind die fünf, die für die Entführung Ihrer Lieblinge verantwortlich sind.«

Anne ballte die Hände zu Fäusten.

»Jetzt haben Sie die Möglichkeit, sich zu rächen. Dann können wir das Gespräch später an einem Ort Ihrer Wahl fortsetzen.«

»Ich beabsichtige keine Rache. Meine Lieblinge sind alles, was ich brauche.«

»Das geht nur im Doppelpack«, erwiderte die Dame und fügte hinzu: »Sie haben drei Möglichkeiten.«

»Die wären?«

»Sie nehmen den Lappen und wischen das Blut von meinem Stock weg.«

»Oder?«

»Sie zeigen auf diejenigen, die den Rest des vergifteten Blutes im Glas trinken sollen. Sie können eine oder mehrere Personen auswählen.« Sie zeigte auf etwas. »Bitte beachten Sie, dass Sie den Vorgang wiederholen müssen, solange das weiße Tuch noch oben in der Luft hängt.«

›Am einfachsten wäre es also, das Getränk demjenigen zu geben, der das Tuch besitzt. Dann fällt sie zu Boden und das

war's‹, dachte Anne und spürte ein Ziehen in ihrer Magengegend. »Die Dritte?«

»Sie trinken selbst!«

»Eine Wahl zwischen Kooperation und Ermordung?«, vergewisserte sich Anne. Das Kind auf der rechten Seite erhielt ein Notenblatt und hielt es Anne hin. »Was ist das?«

»Die Antwort zu Ihrer Frage.«

Anne betrachtete das Papier einen Moment lang. Trotz der ungünstigen Beleuchtung konnte sie etwas lesen. »Ist es das Rezept für das Gegengift?«

Ihr Nicken war knapp. »Sie erhalten es danach. Je nachdem, wie schnell Sie die Zutaten finden und das Rezept schaffen, kann die Person entweder gerettet werden oder eben nicht.«

»Wenn ich selbst trinke, wer wird es für mich tun?«

»Führen Sie Ihre Selbstgespräche bitte leise«, erwiderte sie, ohne darauf einzugehen. »Ihre Entscheidung? Dafür haben Sie noch eine Minute. Danach gilt automatisch die dritte Option!«

»Wi...e...«, Anne geriet ins Stottern. »Wie bitte?« Obwohl ihr Kopf regungslos zu sein schien, bemerkte sie aufgrund ihrer sehr beweglichen Augen und guten Sehkraft, dass alle Blicke auf den blutbedeckten Bereich des Gehstocks gerichtet waren.

»Ja«, sagte das Kind mit dem Notenblatt. »Das Blut unserer Geschwister und Mitmenschen. Kinder, die in den letzten MD-Wochen gestorben sind.«

»MD-Woche. Was ist das?« Sie erinnerte sich, dass sie diesen Begriff heute zum ersten Mal in den Unterlagen gelesen hatte, die Duc hinterlassen hatte.

Die Führerin ergriff wieder das Wort. »Ihr Wischen sollte als Zeichen der Zusammenarbeit gegen die MD-Wochen gelten, die vom 02.05 bis 29.05 laufen. Eine Zusammenarbeit gegen diese Wochen, die als lukrativste Zeit für viele Sargverkäufer in USF 38-59 gilt.« Sie bewegte den blutigen

Teil des Gehstocks auf Anne zu: »Noch fünfzehn Sekunden.« Ihr Tonfall änderte sich und ähnelte dem eines militärischen Anführers.

Ihren Ansatz fand Anne ähnlich wie der der anderen Gruppe. *›Wenn sie wirklich etwas Gutes vorhat, warum konnte sie mich nicht zu einem normalen Gespräch unter vier Augen einladen? Warum muss ich unter solchen Bedingungen meine Zustimmung geben?‹* Beim erneuten Betrachten der Hundehütte, die etwas von Anne weggeschoben worden war, damit sie einen besseren Blick auf die Mitte werfen konnte, kamen ihr die schönen Erlebnisse mit ihrer Mutter und ihren Hunden in den Sinn. *›Warum ich? Warum muss es ausgerechnet mich treffen?‹* Die Tränen flossen wieder intensiver. *›Jetzt verstehe ich, was Papa damals meinte. Im Land der Alternativlosigkeit fliegen keine Adler.‹* Ohne weitere Zögerung nahm sie das weiße Tuch und wischte den blutbedeckten Teil ab. »Kann ich jetzt gehen?«

»Gleich«, sagte die Dame und überreichte ihr eine angezündete Kerze.

»Was soll ich damit?«

»Die Kerze ist bei uns ein Symbol von Zugehörigkeit, Hoffnung und erfolgreicher Zusammenarbeit mit der Flamme, um die dunkle Seite der MD-Wochen verschwinden zu lassen«, erklärte die Führerin. Nach einem Kopfnicken nahm ein Kind auf der linken Seite einen Schlüssel, sowie eine Pfeife aus dem Koffer heraus und befreite Anne von ihren Handschellen. Dann drückte es beide Gegenstände in die freie Hand der Befehlsgeberin.

Anne stand auf. »Wo finde ich meine Lieblinge?« Die Frage stellte sie, ohne die Anführerin mit einem Blick zu würdigen.

Die Gastgeberin pfiff einmal. Wie auf Knopfdruck richteten sich alle Augen auf sie. Dem zweiten Pfiff folgte eine Handbewegung. Sie zeigte mit dem Gehstock auf die verschleierte Frau, die das weiße Tuch hochhielt. Ein Zeichen

für grünes Licht. Die verschleierte Frau entfernte ihre Kopf-
bedeckung.

Annes Augen weiteten sich. »Mama?« ›*Ich wusste, das war
eine Falle. Gut, dass ich auf meinen Instinkt gehört habe, sonst
würden mich Schuldgefühle mein ganzes Leben begleiten*‹, dachte
Anne und fiel weinend in die Arme ihrer Mutter.

»Hier«, hörte Anne und ließ ihre Mama los. Die Führerin
gab ihr einen USB-Stick, den sie ebenfalls aus dem Koffer
genommen hatte. »Lesen Sie die Dokumente, die Sie darauf
finden werden, sorgfältig durch. In der letzten Datei finden
Sie auch Einzelheiten zur weiteren Vorgehensweise.«

Ohne auf eine Reaktion von Anne zu achten, hob die
Anführerin den Gehstock, klatschte dreimal in die Hände
und alles wurde dunkler. Alle Kerzen wurden gleichzeitig
ausgeblasen und erloschen. Als Anne beobachtete, wie sich
die Schatten auflösten, beleuchtete die Drohne den Weg zu
ihren Hunden, dann den Rückweg.

2

Die Uhr, der einzige Dauerläufer, bei dem die Wahrnehmung der Geschwindigkeit von der Stimmung des Betrachters abhängt‹, dachte Anne, als sie auf die Uhr schaute, die in ihrem Wohnzimmer an der Wand hing. Es war drei Uhr morgens. ›Endlich konnte ich Mama davon überzeugen, dass alles in Ordnung sein wird. Ich hoffe, dass dieses Ereignis auf lange Sicht keine psychologischen Folgen für sie haben wird. Ich muss unbedingt einen sichereren Ort für sie finden, weit weg von hier, bis diese ganze Angelegenheit geklärt ist. Ja, für sie und die Hunde.‹

Sie massierte ihre Stirn. ›Wieder Kopfweh. Vor knapp einer Stunde, kurz nach dem kleinen Nachtspaziergang mit den Hunden an der frischen Luft, wurde es besser. Aber jetzt kehrt es zurück. Sollte ich Paracetamol einnehmen? Nein, zu viele Tabletten sind gefährlich. Ist es besser, wenn ich mich eine Weile hinlege?‹ Ihr Blick visierte den USB-Stick an, den sie von der verschleierten Frau erhalten hatte. Sie nahm ihren Laptop, den USB-Stick und eilte in die Küche. Sie öffnete ein Fenster, nahm einige Eiswürfel aus der Tiefkühltruhe und massierte damit ihren Kopf. Dann setzte sie sich hin und schaltete ihren Computer ein.

Mit ihrer Hand auf der Maus versuchte sie trotz schläfrigen Augen, sich zu konzentrieren. Sie klickte auf das USB-Symbol, um zu den Dokumenten zu gelangen. Plötzlich schlief sie ein. Sieben Minuten später, als die Maus zu Boden fiel und ihre Hand die Kante ihres Stuhls traf, sprang sie auf. Sie hörte ihr Telefon vibrieren. Im Halbschlaf drückte sie auf das grüne Symbol, statt auf das rote, so wie sie es beabsichtigt hatte. Obwohl die Lautsprecher nicht aktiviert waren, beendete der leise Klang dieser schrecklichen Stimme, die sie an Duc's Boss erinnerte, für eine Weile ihre Müdigkeit.

»Die Küche ist nicht der beste Ort, um sich auszuruhen. Sie wissen, dass Sie morgen im Kreißsaal Energie und viel Konzentration brauchen werden«, hörte Anne, bevor der Anrufer wieder auflegte.

Sie erhob sich in Eile, schloss das Fenster und schaltete das Licht in der Küche aus. Aus Angst, dass das Licht von ihrem Laptop sichtbar sein könnte, verließ sie die Küche und ging unter den Esszimmertisch, wo sie sich in einer Umgebung mit dunklen Vorhängen unsichtbar fühlte.

Sie fühlte noch immer die große Müdigkeit. Dennoch wurde sie von dem Wunsch geleitet, den Inhalt der Dokumente auf dem USB-Stick zu erfahren. Sie ging in die Küche zurück. Das Display ihres Mobiltelefons beleuchtete ihr den Weg dorthin. In der Küche schaltete sie das Licht vom Ofen an. In dieser besänftigenden Dunkelheit machte sie sich einen Smoothie aus Grapefruit und Chili. ›Die Kombination von saurem und scharfem Pfeffer macht uns hellwach, sagte Mama öfter. Eine Frucht mit 150 ml Wasser und so viel Chili, wie ich will. Eine kleine Handvoll wird hoffentlich nicht zu stark für mich sein.‹

Als sie fertig war, füllte sie ihr Glas vollständig, wobei sie die überlaufende Flüssigkeit ignorierte, die zu Boden lief ... Auf dem Weg zu ihrem Computer nahm sie bereits einen kräftigen Schluck.

Die erste Datei war ein Ordner namens ›Bilder lügen nicht‹. Sie beinhaltete zwei Unterordner, die als ›wichtige Erinnerung‹, beziehungsweise ›Auge des Details‹ benannt waren. Anne bewegte den Mauszeiger auf den ersten Unterordner und klickte darauf.

Mit offenem Mund betrachtete sie die ersten sieben Fotos von ihr und ihrer Mutter in der Nähe des berühmten Grabes EvFa von ›Eva Fascher‹. Die Frau, die ihrer Mutter ihr Herz gespendet hatte. Eine besondere Geschichte, an die sich Anne nicht ohne Tränen erinnern konnte. Eine Frau, die Selbstmord beging, um der MD-Gruppe zu entkommen.

Anne musterte die sieben Bilder ein paar Mal und vertiefte sich in ihre Gedanken.

Alles auf den Bildern war ihr vertraut. Es waren Bilder von ihr, ihrer Mutter und dem Grab von Eva Fascher. Anne und ihre Mutter trugen ein gelbes T-Shirt mit den Initialen EF und einem Adler darunter. Die hatten sie von einer Kampfbewegung, die Eva Fascher vor ihrem Tod initiiert hatte. Die Farbe Gelb stand für Ehre und Loyalität zur eigenen Person, zu den eigenen Überzeugungen und zu den Mitgliedern des Teams. Sie hatten viele davon, die sie bei den vielen Besuchen am Grab trugen. Aber nur zwei mit zusätzlichen Herzen in Rot. Anhand der besonderen T-Shirts, die sie nur einmal jährlich für den Besuch an diesem so genannten OP-BacktoLife-Tag trugen, wusste sie sogar das genaue Datum dieser Aufnahme. Genau an diesem Tag wurde ihre Mutter vor ein paar Jahren dank dieser passenden Spende erfolgreich operiert. So ist es zu einer Mutter-Tochter-Tradition geworden, ihn zu ehren, indem sie viel mehr Zeit als bei anderen jährlichen Besuchen damit verbrachten, Kerzen anzuzünden, Blumen niederzulegen und das Grab zu reinigen.

Der Klang der Schritte im Flur lenkte sie ab und sie erhob sich.

»Wer ist da?«

»Wo bist du und warum arbeitest du im Dunkeln?«, entgegnete ihre Mutter. Gleichzeitig machte sie das Licht an. Anne flüsterte ihr etwas zu, schaltete das große Licht wieder aus, hielt ihre Hand und brachte sie zurück in ihr Zimmer. »Es ist zu früh Mama, du solltest noch schlafen.«

»Du doch auch«, replizierte ihre Mutter.

»Brauchst du etwas?«

»Ich kann nicht schlafen. Sind das unsere Bilder, die ich auf deinem Laptop unter dem Tisch gesehen habe?«

Anne küsste sie auf der Stirn. »Du bist noch müde, leg dich bitte hin.«

Ihre Mutter bestand darauf. »Lüg mich nicht an!«

Anne wich ihrem Blick aus. ›Dein Gesundheitszustand macht mir Sorgen, Mama. Ich würde gerne mit dir darüber reden, aber...‹

Ihre Mutter streichelte ihr die Hand. »Du weißt, wie sehr ich diesen Blick hasse. Du zeigst ihn immer, wenn du etwas vor mir verheimlichst.« Anne richtete ihren Blick auf ihre Mutter, als sie fortfuhr. »Denk darüber nach. Ich bin schwach. Wenn du so weitermachst, wird der Stress schlimmer und mein Zustand auch. Es stimmt, dass ich noch ein paar Jahre mit diesem fremden Herzen leben muss.« Sie holte kurz Luft. »Aber, wenn du mich wie ein Kind behandelst, dem du zum Schutz Geschichten erzählen sollst, könntest du das Ende beschleunigen.«

»Okay Mama, das reicht«, sagte Anne nach tiefem Durchatmen. »Du hast sie richtig erkannt.«

»Ihr Grab befindet sich in ›TerraPainit‹. Ein Ort, der für Menschen, Kunstwerke ... reserviert ist, die die Geschichte der USF besonders geprägt haben und vor der breiten Öffentlichkeit geschützt werden müssen. Daher frage ich mich ...«

Anne unterbrach sie. »Wie konnte so etwas passieren, ohne dass wir es gemerkt haben?«

Ihre Mutter nickte.

»Das ist genau das, was mich schon eine Weile beschäftigt«, gab Anne leise zu. »Aber mach dir keine Sorgen. Leg dich ...«

»Du willst mich loswerden, damit ich deine Angst nicht erleben muss?«, erwiderte ihre Mutter, ohne sie ausreden zu lassen. »Deine Mimik steht im Widerspruch zu deinen Worten. Verheimlichst du etwas Wichtiges?«

»Oh Mama, guck mich nicht so an. Ich will dich nicht mit Problemen belasten, die wir nicht verursacht haben.« Ihre Augen wurden feuchter. »Das Schicksal spielt leider ohne Regeln.«

Der darauffolgende Blickkontakt war ansteckend. Ihre Mutter hielt inne. Sie streichelte Anne mit einer Hand und nahm mit der anderen zwei Taschentücher vom nächstliegenden Beistelltisch. Sie wischte erst die Tränen ihrer Tochter weg, dann ihre eigenen. »Wer könnte so etwas tun? Und warum?«

Anne zuckte mit den Schultern. »Gemäß dem USF-Gesetz ist vorgesehen, dass wir nach einer Spende eine Nummer und ein Passwort erhalten, mit denen wir die Familie des Spenders anonym kontaktieren können, wenn beide Seiten sich treffen wollen. Oder, wie in diesem Fall eines gesicherten Grabes, kann die Familie das Passwort für den Zugang zum Grab weitergeben. Normalerweise ist das Passwort nur mit einer TAN gültig, die wir kurz vor dem Besuch des Grabes auf der ›TerraPainit‹ Homepage erhalten. Dies ist möglich, solange die Familie das Passwort noch nicht geändert hat und Besuch von Fremden zulässt. So kann die Familie den Zugang nur solange, beziehungsweise so oft gewähren, wie sie es wünscht.«

*

»Denkst du, dass die Familie dahintersteckt?«

»Ein Familienmitglied könnte ja direkt oder indirekt daran beteiligt sein.«

Ihre Mutter nickte nachdenklich. »Jetzt, wo du es ansprichst, fällt mir etwas Seltsames ein.«

»Was denn?«

»Trotz der Termine, die wir online mit ihnen ausgemacht haben. Keiner von ihnen ist aufgetaucht. Immer nur Ausreden.«

»Leider.«

»Steckt die Gruppe dahinter, die mich mit den Hunden entführt hat?«

»Möglich Mama.« Der Ton blieb sanft.

»Schuldest du ihr etwas?«

›Wie oft soll ich dir noch antworten‹, dachte Anne. Kommentarlos zeigte sie auf die Uhr auf dem Beistelltisch neben ihrer Mutter. »Versuch bitte zu schlafen. Ich muss ein paar Kleinigkeiten erledigen und gehe dann auch ins Bett. Okay?« Wie die achtunddreißigjährige Frau geahnt hatte, änderte sich ihr Gesichtsausdruck schlagartig. Abgesehen von ihrem starren Blick und den herunterhängenden Mundwinkeln schenkte sie ihm keine weitere Beachtung. Stattdessen umarmte sie ihre Mutter und schaltete ihr Entspannungsmusik mit Regenklängen ein, die ihre Mama oft zum Einschlafen verführte. Sie deckte ihre Mutter zu und kehrte zu ihrem Computer zurück. Mit schnellen Klicks gelangte sie zum Inhalt des zweiten Unterordners. Es öffnete sich ein Foto einer Frau, die wie jene auf dem Grab der Spenderin ihrer Mutter aussah. Sie hielt zwei Babys in ihrem Arm. Anne erinnerte sich an den Titel des Unterordners und betrachtete das Foto genauer. Die Babys sahen gleich alt aus, beide trugen ein identisches Handarmband mit einem Kreuz und den Initialen L. und F. Auch ein identischer Hut mit dem Symbol des Herzens und den Buchstaben L.F. im Innern. Unter dem Symbol stand das Wort ›Forever‹. Der einzige Unterschied war ihre Farbe. Links blau für den Jungen und rechts rosa für das Mädchen.

Das nächste Bild kam ihr bekannt vor. Sie runzelte die Stirn. Mühevoll versuchte sie, ihre Gedanken zu ordnen. ›Ah ja, dasselbe habe ich in den Unterlagen von Duc gesehen‹, erinnert sie sich. Dann richtete sie ihre Aufmerksamkeit wieder auf den Computerbildschirm. Die Frau trug eine Kette. Das Medaillon sah aus wie das Babyarmband, das sie auf dem vorherigen Bild gesehen hatte. ›Ist das das Baby, das ich vorhin gesehen habe? Das Bild dieser Frau, als sie im sehr viel jüngeren Mädchenalter war? Bevor ich zu einer Schlussfolgerung komme, sollte ich mir vielleicht das dritte und letzte Foto in diesem Unterordner ansehen.‹

Erstaunt schüttelte Anne den Kopf. Auf dem dritten Bild war keine erkennbare Person zu sehen, nur ein Krankenwagen, ein heruntergelassenes Autofenster und ein verschleierter Fahrer. Oben auf dem Auto lag die rosa Mütze, wie die von einem der beiden Babys. Daneben stand eine, mit einer weißen Flüssigkeit gefüllte, Trinkflasche. ›Rätsel sind nichts für mich‹, dachte sie sich, während sie mit beiden Händen am Kopf kleine Massagebewegungen ausführte. ›Ist das eine, mit Milch gefüllte, Babyflasche?‹

Ihre Hand zitterte leicht an der Maus. Erschöpft verlor sie kurz darauf den Kampf gegen den Schlaf.

3

Diejenigen, die mit unserer Intelligenz spielen wollten, haben mit ihrem wertvollsten Besitz dafür gezahlt. Ihr Lächeln ist Ihnen noch wichtig? Dann wissen Sie, was zu tun ist. Wenn etwas schief gehen sollte, sei es vor oder nach der Entbindung im Kreißsaal, müssen Sie es selbst wieder gut machen. Sie haben sicherlich von unseren speziellen WGs gehört. Ob Sie da unbedingt einziehen wollen, werden wir an Ihren Taten erkennen. Das Datum 04.05. wird auch für Sie ...‹ Diese im Albtraum nur zum Teil zurückkehrende Aussage von Cul, als er im Laufe des Gespräches mit Duc online zugeschaltet wurde, riss Anne um sechs Uhr morgens aus dem Schlaf. Nur zwei Stunden, nachdem sie eingeschlafen war. Sie rieb sich die Augen, streckte sich und richtete ihren Oberkörper auf.

›Gott hilf mir bitte, auch wenn ich oft an deiner Existenz gezweifelt habe‹, dachte sie, richtete den Blick auf ihren Computer und bemerkte den fast leeren Akku. Sie schloss ihn an das Ladekabel an und wandte sich wieder dem Ordner auf dem USB-Stick zu, den sie betrachtet hatte, kurz bevor sie eingeschlafen war. Sie hob den Computer vom Boden auf den Tisch. Bevor sie sich setzte, ging sie in die Küche und kam mit einem Schokoriegel und einer Tasse schwarzem Kaffee zurück.

Im Gegensatz zu dem anderen Ordner, gab es hier nur ein PDF-Dokument und ein langes Tutorial. Das Video zeigte unter anderem den Arbeitsort von Dr. Anne. Das Tutorial wurde an manchen Stellen durch die Erklärungen in den

PDFs verständlicher. Kaum hatte sie sich Notizen zur ersten Hälfte des Videos gemacht, klingelte es an der Tür.

Anne wusste bereits durch die Benachrichtigung per SMS, wer es war. Ein Mitarbeiter eines renommierten mobilen Rund-um-die-Uhr-Notdienstes für Haustiere, zu dem Anne ihre Hunde aus Sicherheitsgründen nach deren Freilassung gebracht hatte. Sie war überglücklich, ihre Hunde wiederzusehen. Nachdem sie sie gefüttert hatte, verbrachte sie den ganzen Vormittag damit, einen sicheren Ort für ihre Lieblinge zu suchen. Als sie hörte, wie ihre Mutter ins Bad ging, bereitete sie eine Mahlzeit zu. Dabei ließ sie das Telefon nicht aus den Augen, bis sie endlich fündig wurde. Nach dem gemeinsamen Mittagessen nahm sich Anne die Zeit, um notwendige Dinge für ihre Mutter und die Hunde zu packen. Sie war froh darüber, spontan einen Platz in einer sehr berühmten, sicheren und privaten Wohngemeinschaft für über 50 Jahre gefunden zu haben.

»Du hast gesagt, es gibt dort Leute, die sich um mich und die Hunde kümmern, richtig?«, vergewisserte sich ihre Mutter.

»Ja, mach dir keine Sorgen. Selbst die Medikamente, die nötigen Impfstoffe zur Stärkung deines Immunsystems und alles, was mit deiner OP zu tun hat, werden sie dort erledigen.« Anne legte das letzte Gepäckstück, das teilweise mit Medikamenten gefüllt war, zu den anderen. Sie setzte das Gespräch fort, während sie zum DVD-Schrank ging. »Sogar deine Reise wird durch einen Ihrer Partner organisiert. Der holt euch ab und kümmert sich um alles unterwegs.«

Ihre Mutter lehnte sich ohne weitere Kommentare zurück, während Anne eine DVD in den Player legte, die sie sich beim Essen gewünscht hatte. ›Unglück & Angst – die Friedhöfe der Lebenden‹, stand auf der Hülle der DVD geschrieben. Etwa vier Stunden später, gegen 18h, ertönte eine Nachricht auf Annes Telefon, als sie ihre Hunde fest im Arm hielt und Tränen in den Augen hatte. Sie entsperrte es und las sie.

Anschließend näherte sie sich ihrer Mutter. Sie streichelte ihr übers Haar. »Der Fahrer ist da.« Der sanfte Ton erklang in einem langsamen Tempo. »Es ist Zeit, zu gehen.«

Die Mutter starrte sie an. Mit zitternder Stimme fragte sie eindringlich: »Kannst du mir versichern, dass wir uns wiedersehen werden?«

»Keine Sorge«, entgegnete Anne zögernd. Sie umarmte ihre Mama, wischte sich die Augen ab und gab ihr einen langen Kuss. »Jetzt komm schon, der Fahrer darf nicht zu lange warten.«

Die Mutter blieb sitzen. »Nein. Wenn ich dich nie wiedersehen werde, was hat es für einen Sinn, wegzugehen? Wenn dies das Ende sein sollte, dann lass uns die letzten Momente gemeinsam genießen.«

Anne warf ihr einen schnellen Blick zu. »Hör auf, Mama«, sagte sie und nahm ihre Hand und stützte sie zum Aufstehen. Dann trug sie die Koffer zur Tür. Die Hunde folgten ihr.

Als Anne die Gepäckstücke im Auto verstaut hatte und sich ein letztes Mal von ihren Lieblingen verabschieden wollte, bemerkte sie einen kameraähnlichen Lichtblitz. Dieses Ereignis verkürzte die Abschiedszeit. Die Zärtlichkeit verwandelte sich plötzlich in Hektik. Blitzschnell drängte sie ihre Lieblinge ins Auto. Kurz nachdem sie die Autotür geschlossen hatte, folgte ihr Blick der Richtung dieses seltsamen Lichtes, bis sie einige Meter weiter auf der gegenüberliegenden Straßenseite ein Auto entdeckte, das sofort losfuhr – allerdings hinterließ es schwarzen Rauch, der sie daran hinderte, das Autokennzeichen zu lesen.

›Kann es sein, dass ich dieses Auto schon ein paar Mal vor der Klinik gesehen habe?‹, dachte sie. ›Nein, bestimmt bilde ich mir das alles ein. Eine Folge des Schlafmangels?‹

Ihr wachsamer Blick erkundete weiterhin die Umgebung, während sie mit kleinen Rückwärtsbewegungen in ihre Wohnung zurückkehrte. Im Wohnzimmer angekommen, schaute sie wieder auf die Uhr. ›*Es ist beeindruckend, mit welcher Pünktlichkeit sie ihre Versprechen einhalten. Endlich sind meine Lieblinge in Sicherheit*‹, dachte Anne mit einem leicht vergänglichen Lächeln auf den Lippen. Sie ging zum Tisch hinüber und zog den Stuhl nach hinten, um vor ihren Computer Platz nehmen zu können. Ihr Arbeitstelefon klingelte. ›*Ruft Duc so spät noch an?*‹, fragte Anne sich bereits mit dem Telefon in der Hand. Mit einem mulmigen Gefühl im Bauch ging sie dran.

»Ja?«

»Kommen Sie bitte sofort in die Klinik, es ist ein Notfall.«

Anne schluckte. ›*Nach Plan haben wir erst wieder ab morgen, dem 04.05. auf. Er klingt fast so, als ob er nicht wüsste, wie diese private Klinik ihre Kunden auswählt und dass sie nur an bestimmten Tagen arbeitet.*‹

»Wie lang brauchen Sie, bis Sie ankommen?«, fuhr Duc fort.

»Ich kann nicht«, sagte sie kleinlaut. »Es ist schon spät und wie Sie wissen, muss ich mich ja alleine um meine Mama kümmern.«

»Kein Problem. Ist es okay, wenn ich vorbeikomme?«

»Lieber morgen«, antwortete Anne, kurz bevor es an der Tür klingelte. Gleichzeitig hörte sie im Ohr den Ton des unterbrochenen Gesprächs. Ihre Füße erstarrten. Sie wählte den Rückruf. Noch während es klingelte, kam eine Nachricht von Duc. »Nehmen Sie Ihre Packung entgegen. Beachten Sie, dass unsere Postboten die Art der Zustellung entsprechend der Wartezeit anpassen. Den Rest besprechen wir morgen, wie von Ihnen gewünscht.«

Anne fühlte, wie eine Flüssigkeit, die sie nicht zurückhalten konnte, aus ihr strömte. Sie sah sich ihre Hose an. ›*Oh, Gott sei Dank habe ich eine gute Damenbinde an.*‹ In

Babyschritten näherte sie sich der Haustür. »Wer ist da?«, fragte sie ein paar Millimeter von der Tür entfernt.

»Die Post.« Die Stimme klang nett. Zögernd steckte sie den Schlüssel ein, um die Tür zu öffnen. In Gedanken versunken, blieb ihre Hand für einen Moment regungslos. ›Vielleicht war es doch keine Einbildung, dass die Leute, die mich beim Abschied von meiner Mutter fotografiert haben, Mitarbeiter von Duc und seinem Chef waren. Die beste Lösung wäre für mich, mir mitten in der Nacht ein Taxi zu bestellen und zu verschwinden. Aber was wäre, wenn sie mich im Auge haben? Auf der einen Seite die Gruppe der Verschleierten und auf der anderen Seite die Gruppe von Cul. Warum ich, warum bin ich die Zielscheibe geworden?‹

Bevor sie den Schlüssel zum Öffnen drehte, machte sie ein Kreuzzeichen und sprach dabei die Worte ›Im Namen des Vaters, des Sohnes und des Heiligen Geistes. Amen‹ aus.

Vier Männer betraten den Eingang. Unter anderem ein 1,45 m großer Mann, der in der linken Hand einen Sarg in Miniaturformat hielt. Hinter ihm standen drei Männer, die zwischen 1,90 m und 2 m groß waren. Einer hatte einen glatt rasierten Kopf, der andere einen langen Bart und lange schwarze Haare. Der Letzte hielt ein Gel in der Hand. Sein Kopf war auf der einen Seite rasiert und auf der anderen Seite langhaarig. Anne machte große Augen. Es war nicht nur das Erscheinungsbild der Männer, das sie abtörnte. Es war vor allem der unangenehme Geruch einer Drogen-Alkohol-Mischung, der sich verstärkte, je näher sie kamen. Anne machte ein paar Schritte rückwärts. Der Riese mit dem Gel war der letzte der Gruppe, der eintrat. Als wäre er zu Hause, verschloss er die Tür und steckte die Schlüssel in seine Hemdtasche.

»Folge mir«, befahl der Kleinste mit der dunklen Brille, als er auf dem Weg zum Wohnzimmer war.

»Stopp«, schimpfte sie. Als er sich umdrehte und seine Brille auszog, blickte sie zu Boden. Anschließend fuhr sie in einem fallenden Ton fort. »Ich will nur das Paket und mich ausruhen.«

»Bevorzugen Sie Spaß im Freien?«, entgegnete der Kleinste, als sich die drei Riesen auszogen. Annes Blick sprang von einem Oberkörper zum anderen. Bauchmuskeln, große Narben und ein paar Tätowierungen der QQ-Seemarke waren eine Gemeinsamkeit, die ihr an diesen drei Oberkörpern auffiel.

»Tut mir leid, ich habe jetzt keinen Kopf für so etwas«, sagte Anne leise und wandte dabei den Blickkontakt zu den Männern ab. Sie bewegte sich nicht, spürte aber, wie die Flüssigkeit aus der überfüllten Damenbinde herausfloss. Insbesondere, als der Mann mit dem Gel in der Hand nur in Unterhose auf sie zukam. »Ziehen Sie sich sofort aus«, befahl er.

Anne flehte sie mit zitternder Stimme an. »Bitte tun Sie mir das nicht an.«

»Keine Sorge«, flüsterte er und öffnete das Gel. »Es wird nicht wehtun, wenn Sie kooperieren.«

Anne ging auf die Knie. »Ich würde alles tun, was Sie verlangen. Aber nicht das, bitte!«

Ein Pfiff des Kleinsten unterbrach das Geschehen. »Tut mir leid, dass ich euch den Spaß verderbe. So ist das nun mal, wenn man es im Freien treiben will«, scherzte er, als er sich dem Paar näherte.

Der Riese schmunzelte und versuchte vergeblich, Blickkontakt mit Anne herzustellen. »Schätzchen, wenn du bei uns in der WG einziehst, wird so etwas nie wieder passieren. Dort finden ständig solche Spiele, jedoch ohne Schiedsrichter, uneingeschränkt, statt. Na, Hotti, träumst du schon davon?«

Anne spuckte kommentarlos zur Seite.

Angekommen, stellte der Kleinste seine sargähnliche Box in der Mitte der beiden ab. Mit einer Handbewegung verlagerte Anne die Flüssigkeit ihrer rotzigen Nase auf ihre

Wange. ›*Ist mein Geschenk ein Sarg?*‹ Sie verfolgte aufmerksam jede Bewegung seiner Hände, als er die Kiste öffnete.

Im Inneren befanden sich elektronische Armbänder, sowie ein aufgeklebtes elektronisches Tablett, auf dem Cul erschien. Cul beobachtete nickend, wie der kleine Mann seinen Anweisungen folgte, als er ihr ein Multifunktionsarmband um den Fuß legte.

Anschließend kam Cul zu Wort. Seine Rede ähnelte einer Nachrichtensendung, ohne Pause aber mit kräftiger Stimme vorgetragen: »Dieses Armband ist nicht nur ein GPS-Ortungsgerät, sobald es reaktiviert wird. Es ist auch mit Sensoren ausgestattet, die jeden Kontakt beziehungsweise Druck auf das Armband erkennen, falls es nicht vorher per Scanner entriegelt wird. Das macht es für die Haut gefährlich. Jeder Druck auf das Armband führt zu einer Erwärmung. Je größer der Druck, desto mehr Wärme geht vom Armband aus, die zu schweren Hautverbrennungen führen kann. Die Batterie kann bis zu einunddreißig Tagen halten, wenn Sie das Armband nicht berühren. Im Falle von hohem Druck, könnte die Dauer auf sieben Tage reduziert werden. Dies wäre für Sie ein KO-Kriterium. Zusätzliche Funktionen sind eingebaut, müssen aber nicht enthüllt werden. Denn Sie wollen uns sicher nicht an der Nase herumführen, oder? Sobald Sie Ihre Mission erfüllt haben, werden Sie davon befreit.«

Gleich nach dem letzten Wort wurde das Display schwarz. Der Zwerg schloss die Box. »Da die Lieferung nun abgeschlossen ist, machen wir uns auf den Heimweg. Falls etwas schiefgehen sollte, werden Sie diese drei Männer in Ihrer zukünftigen Wohngemeinschaft wiedersehen.«

»Oh ja«, sagte der Riese. Nickend blickte er abwechselnd auf das offene Gel und Anne. »Ich würde gerne mein kleines Bett mit dir teilen.« Kurz bevor er seine Kleidungsstücke vom Boden aufsammelte und den drei Anderen zum Ausgang folgte, flüsterte er Anne ins Ohr: »Ich hoffe, es

macht dir nichts aus, unterschiedliche Haare auf dem Bett
zu sehen.«

4

Zwei Stunden später saß Anne auf dem Boden neben einem kleinen Schrank in ihrem Zimmer. Rote Tropfen befanden sich daneben. Ihr Hemd, ihr Hals und ihr Mund waren rot verfärbt. In ihrer rechten Hand hielt sie ein Bild ihres verstorbenen Vaters und in der linken etwas unter dem Schrank.

›Wo bist du? Du warst derjenige, der mir seit meiner Kindheit die Hand reichte, um mich zu stützen. Deine Ratschläge haben mein Leben bereichert. Aber heute ist einer dieser Ratschläge die Ursache meiner Probleme. Schläfst du oder sorgst du dich noch immer um deine einzige geliebte Tochter, wie du es früher getan hast? Du siehst, wie ich deinem Rat gefolgt bin. Ohne Schummelei habe ich mich mit Leib und Seele dafür engagiert, eine der Besten auf meinem Gebiet zu sein. Mit reiner Seele wollte ich auf meine Weise zum Wohlergehen unserer Gesellschaft beitragen und dabei dem Prinzip treu bleiben, das du mich seit meiner Kindheit gelehrt hast. Ehre, Respekt und saubere Hände.‹

Sie näherte das Bild ihrem Gesicht. ›Hörst du mir zu? Würdest du es wiederholen? Harte Arbeit, reines Gewissen, Loyalität ... wofür?‹ Sie zuckte zusammen. ›Hast du gesehen, was mit mir passiert? Glaubst du immer noch, dass unsere Taten am Steuer unseres Schicksals sitzen? Muss ich eine offene Rechnung von meinen Vorfahren begleichen?'

Sie streichelte das Bild dort, wo seine rechte Hand zu sehen war. ›Was würdest du tun, wenn die Alternativen nichts mehr als einen Placebo-Effekt bieten würden? Auch wenn Selbstmord ein bisschen egoistisch und feige gegenüber denen ist, die uns lieben. Ist er nicht manchmal die vernünftigste Lösung?‹Sie hob den Kopf, als wolle sie den Himmel um etwas bitten. ›Ich stelle mir vor, dass du von oben wie früher den Kopf schüttelst. Komm, lass es uns gemeinsam analysieren. Das Kind von Berta an Cul zu übergeben, ist das die beste Lösung? Ist es nicht egoistischer, das Glück anderer Menschen für persönliche Zwecke zu zerstören? Außerdem hat der Teufel keine Augen. Woher weiß ich, dass er nicht dasselbe noch einmal tun und mich am Ende umbringen wird? Die andere Möglichkeit ist der verschleierten Frau zu folgen. Ihre Methode finde ich jetzt nicht unbedingt besser als die von Cul.*

Diese schreckliche Nacht vom Montag, dem 2. Mai, wird mein Kopf nie mehr los. Aber der Inhalt des USB-Sticks lässt mich zumindest glauben, dass sie ehrlich sein könnte. Selbst wenn sie es wäre, könnte sie gegen Cul mithalten? Wenn ich ihren Schritten folge, die sie in ihrer letzten Datei vorschlägt, wäre es dann keine Zeitverschwendung, wenn Cul es herausfindet und mich bis zu meinem letzten Atemzug quält?‹ Während sie dies dachte, fiel ihr Blick auf das Überwachungsarmband, das ihr angelegt worden war. Für einen Moment musste sie erneut diese Szenen durchleben, insbesondere die schrecklichen Gesichtszüge der Beteiligten. Aus den geschwollenen roten Augen kamen keine Tränen mehr. ›Eine Quälerei, die ich mir erspart bleiben würde, wenn ich mein Leben jetzt beende.‹

Sie bewegte ihre linke Hand von der Unterseite des Schranks und nahm einen Schluck aus der fast leeren Rotweinflasche, die sie in der Hand hielt. ›Ohne Bertas Mutter wäre Mama nicht mehr am Leben. Ist es nicht die moralische Pflicht der Dankbarkeit, die mein Handeln leiten sollte?‹

Sie befreite ihre Hände, kurz bevor sie an dem Armband zog. Die dabei entstehende Hitze wurde immer intensiver, bis sie es losließ. Während sie die rote Stelle auf ihrer Haut in der Nähe des Armbands betrachtete, fasste sie einen Entschluss. ›Was nützt es, zu planen, wenn die Überraschung all-

gegenwärtig ist? Ja, das gilt auch für morgen. Ich werde spontan entscheiden, was ich tun werde. Scheiß auf den Rest.<

5

Wenn ein Kreißsaal zum Warenlager wird, klopft der Alptraum an die Tür.

04.05. in der Klinik Happy Baby Born.

»Ein letzter Versuch. Sie haben es fast geschafft«, sagte Dr. Anne nicht mit der, für sie gewöhnlich warmen, Stimme, als sie den Kopf des Babys stützte. Kurze Zeit später warf sie einen Blick auf die Uhr. Die Geburt dauerte acht Stunden.

»Endlich ist es vorbei!«, dachte sich Dr. Anne, während sie sich die Hände wusch. Sie ließ das Baby waschen und übergab es der halbschläfrigen Mutter, die noch unter der Narkosewirkung stand. Sie warf erneut einen Blick auf die Uhr, er würde bald anrufen. Sie näherte sich der Tür, legte die Hand auf die Klinke und warf einen letzten Blick auf die beiden. Ein Lächeln breitete sich auf ihrem Gesicht aus, während Tränen über ihre Wangen flossen. Anschließend verließ sie in Eile den Kreißsaal in Richtung ihres Büros. Kaum betrat sie es, klingelte das Festnetztelefon. Sie fühlte Verzweiflung in sich aufsteigen. In kleinen Schritten näherte sie sich dem Telefon. Sie legte ihre Hand darauf und zögerte. Dann atmete sie tief durch und ging dran.

»Ja?«

»Warum ist Ihr Handy aus?« Die Stimme war nicht freundlich.

»Ich bin erst jetzt mit der Geburt fertig.«

»Soweit alles okay?«

Stille am anderen Ende der Leitung.

»Hören Sie mich?«, fuhr er mit kräftiger Stimme fort.

»Wann wollen Sie vorbeikommen?« Sie reagierte schnell, in der Hoffnung seine Wut zu besänftigen.

»Meine Männer sind bereits unterwegs. In etwa einer Stunde werden sie vor Ort sein. Sorgen Sie dafür, dass die Übergabe reibungslos erfolgt.«

»Heute noch?« Ihre Stimme klang wie ein Würgen. »Es ist doch schon so spät.«

»Die Uhrzeit passt perfekt! Da ist weniger los, sowohl in der Klinik als auch auf der Straße.«

»Muss es unbedingt in dem, von Ihnen zur Verfügung gestellten, Kinderwagen sein?«

»Was dagegen?«, brüllte er. »Halten Sie sich an die Abmachung.«

Dr. Anne schwieg.

»Spätestens in einer Stunde muss ich eine Bestätigung von meinen Männern haben. Ansonsten gilt der Auftrag als unerfüllt. Die Folgen sind Ihnen bekannt!« Er drohte und legte auf, ohne auf ihre Antwort zu warten.

Regungslos stand Dr. Anne einen Moment lang da, bevor sie ihr Bürotelefon wieder in die Ladestation stellte. Sie setzte sich an ihren Schreibtisch, trocknete ihre schweißnassen Handflächen an ihrer Hose ab, nahm einen Stift in die Hand. Sie bemühte sich, einen Brief zu schreiben. Es war eine Tortur. Ihre Hand zitterte so sehr, dass sie mehrmals von vorne anfangen musste. Als der Brief fertig war, verließ sie den Raum, wobei sie versuchte, ihr anhaltendes Zittern zu verbergen.

Einige Minuten später war sie wieder im Kreißsaal. Sie legte den Umschlag in die Tasche von Berta, die gerade schlief. In der Ecke beobachtete eine Hebamme, wie der Brief geräuschlos hineinrutschte. Als Dr. Anne die Heb-

amme sah, ging sie zu ihr. Sie unterhielten sich im Flüster-
ton.

»Hast du alles so gemacht, wie wir es besprochen haben?«

Die Hebamme nickte. »Fast wurde ich von der neuen
Praktikantin erwischt.«

»Gott sei Dank hat sie dich nicht erwischt. Weißt du, sie
ist eigentlich keine richtige Praktikantin.«

»Warum durfte sie dann bei der Geburt dabei sein?«

»Das haben meine Vorgesetzten so entschieden. Ihre
Rolle als Praktikantin dient nur zur Deckung, falls die Zu-
ständigen der Sicherheitsbehörde vorbeikommen und das
Personal unangemeldet überprüfen.«

»Stimmt. Die Maßnahme wurde von der USF-Politik
eingeführt, nachdem Dr. Kelly Carlson unter mysteriösen
Umständen verschwunden ist, oder?«

»Ganz genau. Die Praktikantin ist eigentlich nur eine
Vertraute des Auftraggebers.«

Die Hebamme machte große Augen. »Wie geht es weiter?«

»Hast du Merkmale beim Baby erkannt, um es deutlich
von anderen unterscheiden zu können?«

»Ja. Insbesondere ...« Die Hebamme unterbrach ihre Aussage nach dem ersten Klopfen an der Tür.

Es klopfe ein zweites Mal. Dr. Anne und die Hebamme
tauschten ein paar Blicke in der Stille aus.

Dann öffnete Dr. Anne die Tür. Die Praktikantin stand
davor. Sie sah aus wie eine angehende Ärztin, dachte Dr.
Anne. Bis auf die Augen. Ihre Augen, die in böswilliger Ab-
sicht leuchteten. In ihren Händen hielt sie eine durchsichtige
Tasche. Darin waren Spritzen, eine Mini-Haarschere und
eine kleine verschließbare Dose zu erkennen. Dr. Anne kniff
die Augen zusammen. »Was bezwecken Sie damit?«

»Womit?«, erkundigte sich die Praktikantin.

Dr. Anne zeigte mit den Fingern auf ihre Tasche.

»Bald wird das Paket abgeholt. Davor muss ich mich von
der Qualität und der Übereinstimmung mit unseren An-

forderungen überzeugen«, fuhr die Praktikantin fort, ohne sie eines weiteren Blickes zu würdigen. Schon während sie sich Berta näherte, galt ihre Aufmerksamkeit dem Baby.

»Stopp!«, befahl die Frauenärztin. »Nach dem USF-Gesetz darf nur eine staatlich geprüfte Fachkraft so etwas machen.«

»Wollen wir uns über die Missachtung des USF-Gesetzes beschweren?« Der plötzliche Blickkontakt war bombastisch. Aber er dauerte nur so lange, bis sie ihre Gedanken zu Ende geführt hatte. »Ihre Arbeitslizenz stünde auf dem Spiel.«

Anne war die Erste, die wegschaute, und zwar nach unten. Dabei traf ihr Blick auf die Hand der Praktikantin, die zeitgleich die sichtbare Oberfläche der Tasche streichelte. Die Ärztin presste einen Moment lang die Lippen zusammen. Die relative Stille in dem Raum brachte Anne auf andere Gedanken. Es kam ihr in den Sinn, dass eine der nicht erwähnten Funktionen des Fußarmbandes die Aufzeichnung des Gesprächs sein könnte. Sie atmete tief aus. Doch ihr Blick blieb auf die Tasche gerichtet. Sie dachte, sie sei die Einzige, die die Handbewegungen der Praktikantin sehr genau verfolgte. Vom Öffnen der Tasche bis zum Herausnehmen der Spritze. Erst als die Hebamme eine hastige Bewegung nach vorne einleitete, als wolle sie der Praktikantin die Spritze mit Gewalt wegnehmen. Anne stoppte sie mit einem Handzeichen. Im Bewusstsein der möglichen Konsequenzen optierte sie für die verbale Waffe. »Warten Sie doch mal.« Ihre Stimme wurde leiser. »Die Patientin erholt sich von einer schweren Geburt. Sie können ihr jetzt kein Blut abnehmen.«

Kommentarlos zog die Praktikantin ihr Handy aus der Hosentasche heraus. Sie gab den Code zum Entsperren des Displays ein und scrollte durch die Kontaktliste.

»Wonach suchen Sie?«, fragte Anne besorgt.

»Der richtigen Ansprechperson für Ihr Anliegen.«

»Nein, bitte nicht«, schrie Anne und fuhr ruhiger fort. »Sie haben doch auch ein Herz.«

»Was soll das heißen?«

»Gesetzesbrecher sind nicht automatisch Mörder.«

»Sparen Sie sich die Rhetorik. In unserer Welt übernehmen die Augen die Aufgaben der Ohren.« Der bösartige Blick in ihren Augen war auf einmal von Angst überlagert. Furcht, die auch Dr. Anne empfand. »Ich brauche aber die Blutproben. Der Boss verlangt es so! Sonst bin auch ich meinen Kopf los.«

»Wie wäre es, das Blut einfach vom Labor abzuholen? Ich habe die Blutprobe nämlich schon aussortiert.«

Schmunzelnd warf sie Dr. Anne einen scharfen Blick zu. »Haben Sie schon einmal im Sarg übernachtet?«

Die Ärztin und ihre Hebamme zuckten zusammen. »Was hat das jetzt mit meinem Vorschlag zu tun?«

»Mit solchen Spielchen verdienen Sie sich schnell einen solchen Aufenthalt.«

Dr. Annes Smartphone klingelte. Sie zog sich ein paar Schritte zurück und ging dran. »Ja?«

Eine kalte männliche Stimme erklang, die ihr einen Schauer über den Rücken jagte. »Meine Männer sind mit drei Autos vor Ort. Das Überwachungssystem wurde für die kurze Zeit meinen Wünschen angepasst. Bringen Sie das Paket zum Ausgang B. Das schwarze Auto in der Mitte wird sich automatisch öffnen, wenn Sie nah genug dran sind. Sobald Sie fertig sind, husten Sie viermal und gehen dann in die Klinik zurück. Das Auto wird sich automatisch schließen. Um den Rest kümmern sich meine Männer.« Es folgte ein Ton, wie sie ihn kannte, wenn ein Telefonat unterbrochen wurde.

Dr. Anne wandte sich an die Praktikantin. »Wir haben leider keine Zeit mehr. Die warten schon. Die Blutprobe werde ich nachreichen.«

»Moment mal!« Nach schnellen Handbewegungen auf dem Display hielt die Praktikantin das Handy ans Ohr. Ihr Gespräch dauerte weniger als dreißig Sekunden. Sie legte die Spritze in ihre Tasche zurück und nahm die Mini-haarschere in die Hand. Bevor die Hebamme das Baby auf Annes Anweisung hin mitnahm, besorgte sich die Prakti-kantin ein paar Haare und verließ als Erste den Raum. Anne vermutete, dass die Praktikantin in einen anderen Raum ging, in dem Ersatzbabys gehalten wurden. Anschließend flüsterte sie der Hebamme eindringlich ins Ohr und verließ mit ihr den Raum.

6

Zählt eine Welt ohne Licht oder die eines Blinden zu Ihrer Traumwelt?« Dies ist die letzte Nachricht, die Anne an diesem Tag um fünf Uhr morgens erhielt. Nur zwei Tage, nachdem sie den Code zur Freigabe ihres Tracking-Armbandes erhalten hatte. Wie Duc erklärt hatte, bekam sie nach Bertas Freilassung noch vier zusätzliche freie Wochen. Sie sollte allerdings bei Notfällen erreichbar sein. Heute hatte sie einen Termin mit der Frau, die sie im Kreißsaal von Berta unterstützte. Das Treffen sollte wie ein reiner Zufall aussehen und nur so lange dauern, bis sie ein paar Reisetaschen gekauft hatte.

Um fünfzehn Uhr betrat Anne das riesige Einkaufs-zentrum, in dem unter anderem auch Taschen verkauft wur-den. Wie erwartet, war ihre Assistentin bereits im Gucci-Kompartiment. Anne kam dazu, ohne ihr in die Augen zu schauen. Sie tat so, als würde sie Taschen anschauen. »Danke für deine Pünktlichkeit«, sagte Anne, als sie neben ihr stand und eine Tasche in ihre Hände nahm.

»Wie du mir ins Ohr geflüstert hattest, konnte ich eine andere Wohnung für Berta finden. Sie war nicht in dem Zustand, der auf den offiziellen Papieren der Klinik ab-gebildet war. Aber ich denke, sie ist sicher«, kommentierte die Assistentin.

»Ist dir noch klar, wo deine Belohnung auf dich wartet?«

»Natürlich.«

»Ich muss gehen.« Die erste Tasche, die sie in der Hand hielt, stellte sie ab und platzierte einen USB-Stick darunter. Dann richtete sie ihren Blick auf die Assistentin, die mit einem knappen Nicken reagierte. Die Ärztin nahm eine andere, nämlich die Reisetasche ›Ophidia GG‹, und ging ohne weiteren Kommentar weiter in ein anderes Gepäckabteil mit größeren Reisetaschen. Dabei bemerkte sie, dass eine ihrer Kolleginnen ebenfalls im Laden war und in ihre Richtung schaute. Anne drehte sich um, als ob ihr etwas Bestimmtes ins Auge gefallen wäre und kehrte ihr dabei den Rücken zu. Sie blieb stehen und sah sich eine Reisetasche an, während sie überlegte, was sie tun sollte. Sie schickte eine Textnachricht an ihre Assistentin. Wie gewünscht, wurde ihr die Position von ihrer Kollegin beschrieben. Sie hatte sich nicht bewegt und war so sehr auf Anne, beziehungsweise ihr Handy konzentriert, dass sie die Assistentin gar nicht bemerkte. So lautete die Antwort der Assistentin. Gänsehaut breitete sich auf ihrem Körper aus, während sie weitere Überlegungen anstellte. ›Könnte ihre enge Freundschaft mit Duc mir schaden? Es wurde auch gesagt, dass sie den Auftrag angenommen hätte, wenn sie nicht in derselben Woche ihr erstes Kind zur Welt gebracht hätte. Eigentlich ...‹ Ihre Gedanken wurden durch das Ertönen einer neuen Nachricht unterbrochen. Es war wieder ihre Assistentin, die von einer der Außenecken aus, durch die transparenten Glastüren, Detektiv spielte. ›Sie hat die Handtasche gekauft, unter der du den USB-Stick versteckt hast. Sobald sie den Laden verließ, hielt sie ihr Handy ans Ohr.‹ So lautete die Mitteilung. Anne runzelte die Stirn. Sie eilte an ihren ursprünglichen Platz zurück und stellte fest, dass die Tasche tatsächlich weggenommen worden war. Ihr Blickfeld vergrößerte sich, sodass sie die, durch die Glastüren sichtbaren, Außenbereiche erfassen konnte. Ihre Kollegin war bereits verschwunden. ›Ich dachte schon, dass ich nach der Entfernung des elektronischen Armbands frei *sein würde. Sollte ich meinen großen Einkauf für die spontane Reise in anderen Geschäften fortsetzen? Oder lieber die wichtigsten Dinge mitnehmen und verschwinden?‹*

Das mulmige Bauchgefühl verlängerte kurz ihren Aufenthalt im Laden. ›*Stehe ich unter strenger Beobachtung? Warten sie draußen auf mich?*‹, waren zwei Fragen, die ihre Angst schürten.

*

Eine Stunde später hatte Anne endlich das Wesentliche gekauft. Es waren nur zwanzig Minuten seit der letzten Nachricht ihrer Assistentin vergangen, die die Bewegungen von Annes Kollegin beobachtete, bis diese das Einkaufszentrum verließ. Die Erinnerung, dass ihre Kollegin in einem schwarzen Mercedes mit einer Fahne abgeholt wurde, gab ihr Anlass zur Sorge. Da ihre Assistentin mit der Beschreibung der Abbildung auf der Flagge Schwierigkeiten hatte, blieb Anne ungewiss, ob es sich um dieselbe handelte, die sie auf den Autos einiger Geschäftspartner ihres Chefs auf dem Klinikparkplatz gesehen hatte. Sie biss sich auf die Lippe, checkte sorgfältig ihre Umgebung und eilte mit den Einkaufstüten zum Hauptausgang.

Als Anne die Sachen ins Auto warf und die Vordertür öffnen wollte, um einzusteigen, sah sie eine kleine gelbe Karte wie die eines Fußballschiedsrichters. Einen Moment lang geriet sie in Panik. Anstatt hineinzugehen, wie ursprünglich beabsichtigt, schaute sie sich auf dem öffentlichen Parkplatz um. Sie bemerkte nicht einmal die verblüfften Blicke einiger Passanten. Sie fragte sich, wie sie sich unbemerkt Zugang zu ihrem alarmgesicherten Auto verschaffen konnten.

›*Vielleicht haben sie Fallen in meinem Auto platziert?*‹, dachte sie. Von Ortungssystemen bis hin zu Bomben – ihr gingen alle möglichen Gedanken durch den Kopf. Sie versuchte, ihre Assistentin telefonisch zu erreichen. Nach mehrmaligem Wiederholen wurde der Anruf auf den Anrufbeantworter weitergeleitet. Ein seltsames Gefühl überkam sie. Sie fand es merkwürdig, dass ihre Assistentin sich nicht zurückmeldete. Insbesondere zu dieser Zeit, in der sie Urlaub genommen hatte, um Anne zu helfen, den Stress zu überwinden. Als Anne die Einkaufstüten einige Meter von ihrem Auto entfernt auf den Boden stellte, beschloss sie, ein Taxi zu bestellen. Sie suchte die Telefonnummer einer beliebigen Agentur und rief sie an. Dabei erinnerte sie sich an das Gerücht, dass der Boss ihres Chefs überall seine Hände im Spiel hätte. Er arbeitete mit Leuten in verschiedenen Sektoren zusammen, entweder direkt, mit seinen Angestellten oder indirekt durch Korruption. Unter anderem im Verkehrsbereich.

Ergriffen von Zweifeln, beendete sie den Vorgang. Ein ungutes Gefühl überkam sie, sodass sie nur noch einen Ausweg sah. Sie musste es so lange versuchen, bis sie ihre Assistentin erreichte. Da das Pech nie allein kommt, piepte das Gerät nach mehreren erfolglosen Versuchen mit der Aufforderung, das Telefon mit einem Ladekabel zu verbinden. Die Verzweiflung nahm zu. Das Grübeln raubte ihr das bisschen Energie, das sie noch hatte. ›*Wie kann das sein, obwohl sie mir versprochen hatte, das Ladegerät ihres Mobiltelefons bei sich zu tragen, damit ich sie immer erreichen kann. Und zwar, bis ich morgen die Stadt verlasse. Könnte sie mich auch angelogen haben?*‹ Eine Sorge, die Anne mit einem heftigen Kopfschütteln verneinte. Sie ist eine vertrauenswürdige Frau, das hat sie mir schon oft bewiesen. Am Tag der Geburt von Berta war sie pünktlich und hat alles wie geplant erledigt. Auch nach der Entbindung half sie mir, ein Zuhause für Berta zu finden. Weit weg von ihrer ehemaligen Obdachlosenunterkunft, in der sie entführt worden war und zu der sie nach der Geburt unter Androhung weiterer Gefahren zurückkehren musste.

Ihr wurde klar, dass sie keine andere Wahl hatte, als sich wieder in ihr Auto zu setzen oder neunzig Minuten mit ihren vollen Einkaufstüten nach Hause zu laufen.

Das, durch ihren Körper strömende, Adrenalin trieb sie an. Aber die Angst, wieder ins Auto zu steigen, war nicht ganz verschwunden. Sie überprüfte das gesamte Äußere des Wagens. Ihr fiel nichts Merkwürdiges auf. Sie klopfte kurz den Dreck von sich, den sie sich auf dem Boden geholt hatte, als sie die Unterseite des Fahrzeugs kontrollierte. Sie wiederholte den Vorgang für den Innenraum und beendete ihn im Motorraum. Anschließend schaute Sie einen Moment lang zum Himmel hinauf. ›Wenn das mein Schicksal sein sollte‹, dachte sie.

Sie warf die Einkäufe auf den Rücksitz und fuhr mit Vollgas los. ›So sieht USF1 heute aus. ›United State of Freedom 1' und doch ist nichts Friedliches an diesem Scheißstaat. Der Ort sollte als United Bullshit (UB) bezeichnet werden. Beschissene Leute, unbeschreibliches Leben!‹

Als sie an der Kreuzung zur Hauptstraße ankam, zwang sie ein kleiner Stau zu einer Pause. Sie nutzte die Gelegenheit, um eine Paracetamol-Tablette und eine kleine Flasche Wasser aus ihrer Tasche zu nehmen. Kaum hatte sie ihn heruntergeschluckt, löste sich der Stau auf. Sie warf die Flasche auf den Beifahrersitz und gab Gas. Selbst die laute Musik aus einem nahen Auto konnte sie nicht ablenken. ›Diese Leute werden uns nie wieder finden. Jetzt, wo meine Mutter und meine Hunde in Sicherheit sind, muss ich verschwinden. Vorzugsweise spät am Abend, wenn niemand damit rechnet.‹

An der roten Ampel vertieften sich ihre Gedanken. ›Ich habe unter Druck eine Zusammenarbeit mit verschleierten Frauen genehmigt. Sie haben angeboten, Berta nach der Geburt aufzunehmen. Aber ich kann einer Sekte nicht vertrauen. Wer sagt mir, dass sie nicht nur versucht, mein Vertrauen mit schö-

nen, emotionalen Bildern zu gewinnen und mich einfacher zu
manipulieren? Ich hoffe, dass Berta in dieser kleinen Wohnung
sicher ist und dass sie meinen Anweisungen im Brief folgen wird.
Dann kann ich ihren Umzug in einen anderen Staat veranlassen.
Vielleicht nach USF2 oder USF3.‹

Erst als hinter ihr gehupt wurde, bemerkte Anne, dass
die Ampel grün war. Der gewohnte Blick in den Rückspiegel traf auf ein Fahrzeug, das ihre Neugierde weckte.
Die dazwischenfahrenden Autos verhinderten, dass sie sich
den Sportwagen genauer ansehen konnte. Nach einigen
Überholvorgängen näherte sich das schwarze Auto mit ab-
gedunkelter Frontscheibe. Anne wurde langsamer, ebenso
das Auto hinter ihr, obwohl es genug Platz zum Überholen
gab. Auf dem Autodach wehte eine kleine Flagge. Anne
schaute genauer in den Rückspiegel. Die Zeichnung auf der
Fahne erinnerte sie an die, die Duc als QQSeemarke prä-
sentiert hatte. ›*Sollte ich zu einer Polizeiwache gehen? Nein,*
ich könnte die Erste sein, die eingesperrt wird.‹ Sie entschied
sich spontan dazu, in ein Restaurant zu gehen, obwohl der
Hunger, den sie verspürte, mit dem andauernden Anblick
auf den schwarzen Porsche, langsam verschwand.

7

Nach einigen Umwegen war Anne froh, endlich bei ihr zu Hause parken zu können.

Sie saß einen Moment lang da, die Hände und die Stirn auf dem Lenkrad. Plötzlich richtete sie sich auf und sprach mit sich selbst. ›*Was war das für Lärm? Fußschritte?*‹

Sie schaute sich in ihrem Auto um, das sie in ihrem privaten Grundstück, etwa vierzehn Kilometer vom Stadtzentrum entfernt und nahe einem Fluss geparkt hatte. Der Parkplatz war nicht sehr gut beleuchtet, sodass sie die Xenon-Scheinwerfer einschaltete. Aber alles schien normal zu sein. ›*Habe ich schon Halluzinationen?*‹ Sie schüttelte den Kopf. Die Hoffnung, dass ihre Assistentin am Abend zurückrufen würde, verschwand. Nun musste sie alle ihre Sachen allein packen. Wie würde sie mit dem großen, schweren Gepäck zurechtkommen? Woher sollte sie nach einem so langen Tag die Kraft nehmen, all diese Dinge allein zu tun? Und selbst wenn, könnte sie in ihrem Zustand allein fahren? Eine heimliche Hoffnung keimte in ihr auf: Ihre Assistentin hatte ihr versprochen, die ersten 45 Kilometer bis zu ihrem Wohnort, nicht weit von Annes Fahrstrecke entfernt, zu fahren. Ein großer Gefallen, der es ihr ermöglichen würde, sich auszuruhen, bevor sie ihre Mutter mit den Hunden auf dem Weg zu ihrem neuen Zuhause abholen würde.

›*Gott füttert die Vögel. Dies gilt nicht nur in Bezug auf die Ernährung.*‹ Ihr Instinkt sagte ihr, dass es morgen zu spät sein könnte. Sie stieg aus, nahm ihre Einkaufstüten in die Hand und eilte zum Eingang.

»Bietet ein Feuerlöscher in der Wirkphase eines Brandes mehr als einen Placebo-Effekt?«, so stand es an ihrer Eingangstür geschrieben.

Anne erstarrte. ›Bezieht sich der Feuerlöscher auf den Wunsch, zu verschwinden? Vielleicht wissen sie Bescheid und wollen meine Flucht verhindern?‹ Anne hörte wieder Geräusche. Anders als beim ersten Mal, hörte es sich nicht wie menschliche Schritte an, sondern wie eine Drohne. Es folgten ein paar Blitze, als ob jemand ein Foto von ihr machen würde. Blitzschnell öffnete sie die Tür.

Ein unangenehmer Geruch durchdrang ihre Nase. Eine Mischung aus Cannabis und Reinigungsmittel. Ihr Herz schlug schneller. »Ich rauche nicht und habe derzeit auch keine Putzfrau«, rief sie sich in Erinnerung. Sie ließ die ersten Pakete auf den Boden fallen, ohne es zu merken. Es folgten einige vernehmliche Schritte. »War das drinnen oder draußen?«, fragte sie sich, bewegungslos. Sie hörte ein weiteres Geräusch von draußen und schloss nach einem Schrei abrupt die Tür. Auf der Innenseite der Tür stand geschrieben: »Spielen Sie nicht mit einem Feuer, das die Feuerwehrleute nicht löschen können.« Gänsehaut verbreitete sich auf ihrem Körper. Sie wollte einen Anruf tätigen, merkte aber, dass das Telefon im Auto am Aufladen war.

Jemand klopfte an die Tür. »Oh Gott, nein!«, dachte Anne mit offenem Mund und zitternden Füßen. »Öffnen Sie«, sagte eine Stimme in einem Befehlston. Immer noch im Hauseingang, überwand Anne ihre Angst. Sie machte ein paar Schritte vorwärts in Richtung Wohnzimmer. ›Wenigstens habe ich mein Festnetztelefon zu Hause.‹ Ihre Hoffnung wurde jäh zerstört, als dieselbe Stimme wiederholte: »Entweder Sie tun es oder meine Männer übernehmen es.« Wenige Augenblicke später leuchtete ein Licht in ihrem Zimmer auf, das sich am Ende des Flurs befand, die Tür war leicht geöffnet. Anne machte einen Schritt zurück.

Ihr Blick wanderte den gesamten Flurbereich entlang. Von einer Ecke zur anderen. Ihr fiel eine männliche Unterhose auf, die an der Türklinke der ebenfalls geöffneten Wohnzimmertür hing. Anne machte einen weiteren Schritt zurück. Wie aus einem Alptraum mitten in der Hölle erwacht, sah sie die vier Männer aus verschiedenen Räumen herauskommen, die sie vor einigen Tagen besucht hatten. Die drei, über 1,90 m großen, Männer waren ohne Oberteil und nur mit einem Handtuch umwickelt. Der 1,45 m große hielt einen Werkzeugkoffer und ein Messer in den Händen, das etwas länger als seine Beine war.

»Ist unser Chef noch draußen?«, fragte der Kleinste, als er sich in großen Schritten näherte. »Also respektieren Sie nicht einmal den Hausmeister Ihrer zukünftigen WG?« Diese Horrorfiguren gehörten nicht zu den letzten Kapiteln ihres Abschiedsbuches. Diese Gesichter weckten in ihr unerwünschte Erinnerungen. Sie sah keinen Ausweg. Sie begriff besser die Frage, die sie vor dem Betreten der Wohnung beantworten musste. Angesichts der Alternativlosigkeit hielt sie es für klüger, zu kooperieren. Kommentarlos öffnete sie die Tür. Kaum hatte sie den einschüchternden Blick des Neuankömmlings wahrgenommen, bekam sie Rauch ins Gesicht. Sie ging hustend auf die Seite.

»Cul ist mit meiner Arbeit zufrieden, sonst hätte ich den Code zur Öffnung des Tracking-Armbands nicht erhalten«, verteidigte sie sich. »Warum behandeln Sie mich so?«

Ihr Blick blieb hauptsächlich auf den Eingang gerichtet.

Nachdem die Tür geöffnet wurde, ließ der Mann sich Zeit, bevor er reinkam. Das Erste, was Anne zu sehen bekam, war sein Rücken. Er war wie ein Fußballspieler gekleidet. Der Name Libresti stand in großen Buchstaben auf der Rückseite seines Trikots geschrieben und darunter die Nummer eins. Er trat rückwärts ein und drehte sich um. Von vorne sah Anne sein gelbes Trikot mit dem Logo der QQSeemarke im oberen linken Teil des Trikots. Anne musterte ihn. Die Pfeife und das Telefon in seinen Händen hatten nicht die Wirkung des Medaillons seiner Kette. Es war das Gleiche, das Berta trug. Dasselbe hatte sie auch im USB-Schlüssel der verschleierten Frau gesehen.

Die erste Antwort, die Anne auf ihre Frage erhielt, war ein Foto von Librestis Handy, das ihr vorheriges Treffen mit ihrer Assistentin zeigte. Die zweite war der USB-Stick, den sie ihrer Assistentin gegeben hatte. Die letzte war die zerknitterte Rohfassung der Briefe, die sie am 04.05. an Berta geschrieben hatte.

Anne schluckte. ›*Scheiße*!‹

Sie wandte ihren Blick auf einen Mann, den sie noch nie zuvor gesehen hatte. Ok.

Für einen Moment herrschte Ruhe. Der Kleinste stellte seine Werkzeugkiste vor Anne. Er schaute Libresti an. Nach einer Kopfbewegung des Neuankömmlings reichte der Kleinere Anne eine Tüte. Sie nahm sie mit zitternden Händen entgegen. Beim Anblick des Inhalts zuckte sie zusammen und ließ sie herunterfallen. Nachdem sie sich die Augen gerieben hatte, blickte sie erneut in die Tüte. Immer noch das gleiche Bild. Durchsichtiger Plastikbeutel mit zwei Fingern und Blut.

Libresti kam näher. Anne wollte noch einen Schritt zurückgehen und stolperte über ein Messer. Die Landung war laut und schmerzhaft. Seine Wörter kamen langsam raus. »Ihre Assistentin durfte mich vor Ihnen kennen lernen. Eine Chance, die nur Verräter erhalten.« Er pausierte.

Ihr Schweiß wurde stärker, trug die Kosmetikprodukte ihres Gesichts an unerwünschte Stellen und befleckte auch ihr rosa Hemd, sowie ihre weiße Hose. Libresti holte ein Tempo-Päckchen aus seiner Tasche und bot es Anne an.

Anne richtete ihren Blick auf die Tüte. »Wie können Sie so etwas tun?«

»Die Mittelfinger?«

Anne ballte die Hände zu Fäusten.

»Schauen Sie nicht so traurig.« Er hockte sich hin und versuchte, Augenkontakt mit ihr herzustellen. »Das ist nur eine der kleinen Formalitäten, bevor man in unsere WG einzieht. Obszöne Gesten sind bei uns nicht erlaubt.«

Der Riese mit dem halbglatten Kopf mischte sich in das Gespräch ein. »Ihre Assistentin findet mein Bett bequem und freut sich darauf, dass wir drei uns bald ein wärmeres Bett teilen. Es wird eine wunderbare Zeit sein.«

Anne hob schweigend den Kopf. Zeitgleich warf Libresti einen kurzen Blick auf den halbglatten Kopf und richtete ihn wieder auf Anne. Ein halbes Lächeln zeichnete sich auf Librestis tabakgefärbten Lippen ab. »Mit etwas Glück tragen Sie das Ersatzbaby schon nächsten Monat aus.« Sein Blick wanderte zu dem nickenden, halbglatten Kopf zurück.

»Wie bitte?", rief Anne aus.

»Oh ja, beten Sie dafür«, betonte Libresti mit strengerer Stimme. »Durch Ihre Tricks haben Sie dafür gesorgt, dass das gelieferte Baby nicht den Erwartungen entspricht.« Anne senkte ihren Kopf. »Wissen Sie, wie viel Schaden Sie damit angerichtet haben?« Er stand auf, lief hin und her. »Niemand hat es je gewagt, sich so etwas zu leisten. Beten Sie, dass die Natur Ihnen einen geeigneten Ersatz schenkt. Wenn nicht, wird Ihr Leben allein nicht ausreichen, um die Rechnung zu begleichen. Die Zinsen würden auf Kosten der betroffenen Generationen gehen.«

Ein Anruf unterbrach ihn. Während die anderen Anne beobachteten, wuchs ihre Verzweiflung. Hätte sie besser alle Anweisungen der verschleierten Frauengruppe befolgen sollen? Die Reue wuchs. Sie fragte sich, wo ihre Assistentin gefangen wurde. Sie wusste, dass es gefährlich war, Cul zu verarschen. Das Bedauern darüber, Schuld an der Grausamkeit einer unschuldigen Frau zu sein, bedrückte Anne. Aber, selbst in diesem scheinbar obskuren Schicksal fand sie Quellen des Trostes. Selbst wenn sie jetzt sterben würde, wäre sie wie Lia Fascher stolz darauf, ihren Willen ehrenhaft befolgt zu haben. Ja, sie wollte nicht als Mitarbeiterin einer Gruppe, die die Babys für egoistische Zwecke benutzt oder die Diktatur wie eine Religion in der USF verbreiten lässt, in die Geschichte der USF eingehen.

Nach dem Anruf hörte Anne ein weiteres Geräusch, als ob Libresti eine neue Nachricht erhalten hätte. Im Gegensatz zu dem, was Anne dachte, machte er nicht da weiter, wo er aufgehört hatte. Stattdessen zeigte er ihr ein kurzes Video, in dem zu sehen war, wie zwei Türsteher den Menschen in der Warteschlange ein Blatt Papier in die Hand drückten, bevor sie durch die Tür gingen. Drinnen wurden sie irgendwo hingebracht, wo ihnen Blut abgenommen wurde. Bevor weitere Bilder folgten, stand darauf ›Ein paar Tage später‹ geschrieben. Anne sah konzentrierter aus. Denjenigen, denen bereits Blut abgenommen worden war, wurden Dokumente überreicht, von denen Anne annahm, dass es sich dabei um die Ergebnisse des Tests handelte. Anschließend wurden sie in zwei Gruppen aufgeteilt. Daneben standen Schilder mit der Aufschrift ›Zimmer‹ auf der einen und ›Küche‹ auf der anderen Seite. Das Video endete mit dem Bild einer riesigen Statue von Cul und vielen Menschen, die mit gebetsartig zusammengefalteten Händen vor ihm knieten und auf ihn blickten. Anne beobachtete mit offenem Mund, wie Libresti das Handy in seine Tasche zurücksteckte.

Sie bewegte die Lippen, als wolle sie etwas sagen. Die Worte folgten erst nach dem dritten Mal. »Was ist das?«

»Wie jede WG haben wir Zulassungskriterien«, entgegnete Libresti und zündete sich eine Zigarette an. »Nichts Kompliziertes, Ihre Assistentin muss beispielsweise die Blutgruppe AB haben und brauchbar sein.«

Anne runzelte die Stirn. »Wenn nicht?«

»Fragen Sie lieber unsere Schlachtenmaler.« Bevor er einen tiefen Zug an seiner Zigarette nahm, fügte er grinsend hinzu. »Ich hoffe, Sie sind keine Veganerin!«

Anne zuckte zusammen. Ungeeignete Menschen werden also in der Küche als Fleisch verwendet? Einige Gerüchte scheinen tatsächlich wahr zu sein. Spucke drang aus ihrem Mund und fiel teilweise auf den linken Schuh von Libresti. Sie entschuldigte sich mehrmals. Er nahm einen weiteren Zug an seiner Zigarette, seine Augen waren auf sie gerichtet. Er ließ etwas Rauch aus seinem Mund strömen, dann befahl er ihr, sauber zu machen. Anne streckte die Hand aus, um das Tempopaket zu nehmen, das er ihr geben wollte und das er auf dem Boden ablegt hatte, nachdem sie es ignoriert hatte. Kurz nachdem Anne es ergriffen hatte, legte er seinen rechten Fuß darauf. Der Aufprall der Schuhspitze mit ihren Fingern war schmerzhaft. Libresti hob seinen linken Fuß in ihre Richtung und befahl ihr, die Reinigung mit ihrer Zunge vorzunehmen. Als sie den Mund öffnen wollte, um zu sprechen, strömte der Rest wieder heraus. Obwohl sie versuchte, ihn mit beiden Händen zu verhindern.

Beim zweiten Mal lächelte er. Er deutete mit einer Handbewegung an, dass der kleinere Mann seine Schuhe putzen sollte. Anne sah die Männer abwechselnd an. Ihre Tränen und zitternden Hände schienen bei niemandem Empathie hervorzurufen. Anne wurde klar, warum Cul so viele Spitznamen hatte. Kaum hatte sie darüber nachgedacht, was sie ihr als Nächstes antun würden, roch sie Erbrochenes unter ihrer Nase. Sie wischte sich die Augen. Dank besserer Sicht konnte sie sehen, dass der Zwerg ihr das schmutzige Taschentuch hinhielt, das er benutzt hatte, um die Schuhe seines Chefs zu reinigen.

Das Wort blieb bei Libresti. »Sie werden Ihre Zunge später für andere Aktivitäten brauchen.« Er atmete tief aus und zeigte auf den Lappen, den der Kleine vor sich hielt.

»Verwenden Sie es, um Ihr Make-up zu verbessern. Ein Date ist kein Halloween.«

»Oh ja«, unterstrich der Typ mit dem halbglatten Kopf.

Die Beleidigung, die auf ihr verlaufenes Make-up abspielte, bemerkte sie nicht.

Sie musterte Libresti erneut. ›Die Ähnlichkeit mit dem Bild, das ich auf dem USB-Stick gesehen habe, ist verblüffend. Könnte das sein Kind sein? Hat er ihr ein ähnliches Medaillon als Zeichen der Zugehörigkeit geschenkt? Hoffentlich kann das Böse nicht vererbt werden.‹

Er drehte den Kopf. Sein Blick folgte Annes Blick bis hin zu der geöffneten Box. Der kleinste Mann war gerade dabei, Handschellen, eine Schere und eine Flasche mit einer Flüssigkeit aus seiner Box herauszunehmen. Es roch nach Desinfizierungsalkohol. ›Wollen die mir auch die Finder abschneiden?‹, befürchtete Anne und versteckte vorsichtig ihre Hand unter ihren Beinen. Von den übrigen Gegenständen des Inhalts erkannte Anne nur Waffen. ›Wenn es mir gelänge, eine dieser Waffen zu bekommen, würde ich jeden in dieser Gruppe töten, den ich könnte und letztendlich mich selbst.‹

»Boss, wir warten nur auf Ihren Pfiff, um die gelbe Lampe leuchten zu lassen. Sie wird ihr Gehirn zum Leuchten bringen«, sagte der Riese mit halb rasiertem Kopf und nahm das lange Messer, das der Kleinste zuvor in der Hand hielt.

»Ah ja!«, fügte sein Nachbar mit verschränkten Armen hinzu, während sich unter dem Handtuch um ihn herum etwas Ähnliches wie ein Unterarm abzeichnete. Anne schloss ihre Augen. ›Alpträume sind mit offenen Augen schlimmer‹, dachte sie.

Das dritte Mitglied des Trios ohne Oberteil kam näher. »Alter, ich liebe diese Art von Trampolin. Die Aktion wird großartig sein.«

Anne warf ihm einen furiosen Blick zu. Dann blickte sie schnell nach unten und dachte, es könnte ein schwerer Fehler sein. Umso größer war ihre Überraschung über die

Reaktion des nach Drogen stinkenden Mannes. »Wow! Dieser Blick in Ihren Augen macht mich verrückt. Die Wirkung ist fast besser als bei Kokain.« Mit dem Blick auf ihre Beine fixiert, sprach er weiter. »Ihre fleckige rosa Kleidung, ihr Geruch nach einer Mischung aus Parfüm und Schweiß. Ich bin verrückt danach. Mit ihr braucht man kein Gel. Sie ist bereits nass.«

Anne hob schlagartig den Kopf. ›*Wie bitte?*‹, schrie sie innerlich. Alle Blicke waren auf sie gerichtet, als hätten sie etwas davon gehört. ›*Sind diese Männer durch den Arsch ihrer Mutter zur Welt gekommen? Was sind das für Menschen? Ich schwöre, wenn ihr mir das antut ...*‹

Nach Ertönen seines Telefons, lächelten seine Männer Anne an. Libresti wendete sich mit einer längeren Rede an Anne, wobei seine Worte schnell herauskamen. Im Gegensatz vom Gesichtsausdruck, war sein Ton nicht unhöflich. »Wir mussten feststellen, dass die Kinder, die von Mutter Demokratie erzogen werden, zunehmend respektlos sind. Wir haben also eine Reihe von Maßnahmen ergriffen, um sicherzustellen, dass eine solche Situation bei uns nicht eintritt. Ich muss Sie nicht daran erinnern, dass sich meine Worte nicht auf eine bestimmte Altersgruppe beziehen. Außerdem würde ich Sie darauf hinweisen, dass Erziehungsmaßnahmen unterschiedlicher Art Teil der Eingewöhnungsphase für Ihre zukünftige WG sind. Er knirschte mit den Zähnen, ohne den Blick von ihr abzuwenden. »Dabei berücksichtigen wir auch die Vorgeschichte.« Seine Rede endete mit dem erwarteten Pfiff. Innerhalb von Sekunden spürte Anne den kräftigen Druck von Händen, die ihr einerseits die Hände fesselten und andererseits ihre Füße auseinanderzogen. Sie schrie: »Bitte, nicht das. Verzeihung ...«

»Je lauter der Lärm, desto mehr Schmerzen werden Ihnen zugefügt!«, erinnerte er Anne. Unfähig zu schweigen, verteidigte sie sich weiter. Der dritte Riese des Trios flüsterte seinem Anführer etwas ins Ohr. Libresti nickte. Verärgert über Annes wiederholte Schreie nahm er ein Klebeband aus der Werkzeugkiste und reichte es dem Typen mit dem halbrasierten Kopf.

Neben dem Klebeband nahm der Riese auch den Beutel mit den Fingern und dem Blut in die Hand. In großen Schritten lief er auf Anne zu, schleuderte ihr die Packung in den Mund. »Die Tüte ist dünn. Unter Einwirkung von Hitze und Speichel lässt sie sich schneller durchlöchern«, erklärte er Anne, als er ihre Lippen mit Klebeband umwickelte.

›Furchtbar! Töte mich doch einfach‹, brüllte sie innerlich, ohne Mundbewegung. ›Beruhige dich Anne, du willst doch nicht wie diese seelenlosen Menschen werden und das Blut von deiner Assistentin trinken. Nein du schaffst das schon. Gott bitte, wenn du existierst, zeig doch dein Gesicht. Selbst wenn du mir im Leben nicht helfen willst. Gilt dies auch beim Sterben? Erspar mir die Quälereien. Nimm mir dieses beschissene Leben. Warum muss ich so behandelt werden? Ich habe doch nichts gemacht, außer ein Kind vor Missbrauch zu schützen. Wenn im Alltag das Gute immer mit dem Bösen belohnt wird, warum denn beten? Wie kann man denn an das Paradies glauben, wenn einem auf einmal bewusst wird, dass die Welt von einem Teufel regiert wird? Gott antworte mir! Willst du nicht oder kannst du einfach nicht? Ist der Teufel einfach so ein mächtiger Aktionär in dieser Welt, dass auch deine Leute nach seinen Pfeifen tanzen müssen? Ist es normal, dass du deinen Leuten nur hilfst, wenn es dir passt? Ist ein Vater nicht ein guter Vater, wenn er den Hilferuf seines Kindes hört und ihm die Hand reicht? So sollte es nicht weitergehen! Mach meinen Geburtstag nicht zu einem Albtraumtag. Statt Geburtstagskuchen wird es Kerzen und Tränen geben.‹

Libresti bekam eine SMS von zwei anderen Männern. »Die Assistentin hat die wahre Adresse von Berta verraten. Wir haben uns als Briefträger ausgegeben. Wie erwartet, haben wir ein Paket mit dem Namen von Dr. Anne als Absender zugestellt. Berta hat es nicht vor unseren Augen geöffnet. Aber sie schien glücklich zu sein. Der nächste

Schritt könnte schon morgen erfolgreich sein«, stand geschrieben. Libresti verzog die Lippen leicht zu einem kaum
erkennbaren Lächeln. Er legte die Hand auf die Türklinke
und beobachtete einen Moment lang den Kleinsten, der
ihre Kleidung mit einer Schere zerschnitt. Libresti warf
noch einen letzten Blick auf seine anderen Männer. Der
halbrasierte Kopf feilte erneut sein Messer, während der
bärtige Mann in der einen Hand ihren Mittelfinger und in
der anderen eine riesige Gartenschere hielt. Libresti zeigte
mit dem Daumen nach oben und verschwand.